我 与
孙 犁

WO
YU
SUNLI

孙犁教我当编辑

谢大光 著

天津出版传媒集团

天津人民出版社

图书在版编目(CIP)数据

孙犁教我当编辑 / 谢大光著. -- 天津 : 天津人民
出版社, 2022.7
(我与孙犁)
ISBN 978-7-201-18584-2

Ⅰ.①孙… Ⅱ.①谢… Ⅲ.①回忆录—作品集—中国
—当代 Ⅳ.①I251

中国版本图书馆 CIP 数据核字(2022)第 104214 号

孙犁教我当编辑
SUNLI JIAO WO DANG BIANJI

出　　　版	天津人民出版社
出 版 人	刘　庆
地　　　址	天津市和平区西康路35号康岳大厦
邮 政 编 码	300051
电 子 信 箱	reader@tjrmcbs.com

策 划 编 辑	宋曙光　张素梅
责 任 编 辑	岳　勇
装 帧 设 计	汤　磊
封 面 题 签	赵红岩

印　　　刷	天津新华印务有限公司
经　　　销	新华书店
开　　　本	880毫米×1230毫米　1/32
印　　　张	4.75
插　　　页	1
字　　　数	60千字
版 次 印 次	2022年7月第1版　2022年7月第1次印刷
定　　　价	38.00元

总　序

宋曙光

　　几乎有将近一年时间,我内心一直埋藏着一个心愿。说是心愿,是因为不知道能否实现,所以一直存放在心里,有时会突然涌上心头,暖暖地让我一阵激动。去年夏天,孙犁先生逝世的第十九个年头,这个心愿竟有些按捺不住了,无时无刻不在搅扰我的心绪,像是在催化这个心愿能够早一天实现。

　　孙犁先生作为《天津日报》的创办者之一、党报文艺副刊的早期耕耘者,无疑是我们的一面旗帜。在新中国文学史上,孙犁以他独具风格、魅力恒久的文学作品占有重要地位。他在文学创作、文艺理论、报纸副刊等方面,均有丰厚建树。在孙犁病逝后的转年,也即2003年1月,天津日报报业集团为孙犁建成的汉白玉半身塑像,便矗立在天津日报社大厦前广场,铭文寄托了全体报人的共同心声：

> 文学大师，杰出报人，卓越编辑。任何人只要拥有其中一项桂冠就堪称大家。但孙犁完全超越了这些。这种超越还在于他人格的力量。八册文集，十种散文。从《荷花淀》到《曲终集》，孙犁的笔力在于他以平静的文字和故事，展现的是一个民族、一个政党、一个作家在残酷战争岁月的良知和良心；孙犁的心力在于他以冷静的笔墨和感情，记述的是一个民族、一个政党、一个作家在荒唐动乱年代的感觉和感悟。所有这些都奠定了孙犁作为文学大师的不朽地位……

痛失共经风雨的老编委、老顾问、老前辈，的确是一份无法承受的沉痛。二十年前那个飘雨的送别之日，每一位吊唁者都嗅到了荷花的清芬。夏雨中，无限的哀思被打湿、融化，沁入此后绵绵难舍的日月之河……孙犁先生离去之后，我常常与他的书籍为伴，这是逝者留下的唯一财富。打开它们就一定能有所收获，在纷扰的尘世中，每一次阅读都会有新的感知，有时竟读出了一种心静、释怀、豁然，不愿与浊流同污，不弃初志地向往纯真与高洁，有时还会沉浸到年轻时默诵的诸多名篇的意蕴之中……似乎孙犁仍旧陪伴着我们,感觉不到岁月在流逝。

孙犁先生去世后的这二十年间,有关孙犁著述的各种版本,仍在不断地出版发行,多达二百余种。喜欢孙犁的读者会发现,这些作品常读常新,没有受到时代的局限,文学的力量依然直抵人心,陶冶和净化着人们的心灵。孙犁没有离去,仍在自己的作品中活着,而活在作品里的作家终究是不朽的。

从2010年至2017年,在我主持《天津日报》文艺副刊工作的那些年,每到孙犁先生的忌日,我仍然会在版面上组织刊发怀念文章。延续这一做法的目的,就是为了宣传孙犁、纪念孙犁、传承孙犁,而且不惜版面地推出专栏、专版,也是为了日后能够保留下来一批翔实而有分量的作品,为孙犁研究提供具有学术价值的重要文献。这其中还有一个原因,那就是在我有了行政职务之后,也仍然身兼"文艺周刊"编辑工作,不计分管的版面有多少、日常工作量有多大,也一直没有脱离编辑一线,有了好的想法、创意就尽快落实,在版面上策划的有关孙犁的重点篇章,经常是亲力亲为。同时,对于一些带有偏颇或有损作家形象,甚至失实的文章,都被我们无一例外地拦住了,这是《天津日报》文艺副刊应有的职责与担当。那些存有较大疑点，或是内容待考、硬伤明显的稿件，宁可不发，也不能任其谬误传播，造成不良后果。所有这些，今天想起来，仍觉得这种认真是值得的，对得起我肩头曾经的这份责任。

孙犁先生去世二十周年，是一个重要的时间节点，应该编出一部重头的、具有纪念意义的大书。早在孙犁百年诞辰期间，我就萌生了想编一部纪念合集的想法，并已经做好了前期准备，但因为时间和精力的缘故，最终未能如愿。这个遗憾埋在心里，慢慢地便转化成为心愿，那就是等待和寻找适宜的时机，编纂一部真正高水准的书籍。

2022年是孙犁离世二十周年，就是一个极好的契机。这部书或许是一本、一套？经过反复构思、设想、完善，终于有一天，这个孕育已久的优质胚胎，逐渐地现出了雏形。它似乎应该是成套装、多人集，还应该是那种秀气的异形本，淡雅、清新、韵致、温馨、耐读……

当这个构想逐日接近成熟，便需要考虑哪家出版社能与这个创意相契合。而在此之前，必须先期约定好几位作家，首要条件是他们都要与孙犁有过交往、自己有相关著述，并且认真而严谨地对待文字。其次，他们与《天津日报》文艺副刊有着亲密联系，属于老朋友。这些，都是入选条件。我在自拟的名单上慎重而审慎地圈出四位作家，然后与他们逐一作了沟通。我预感他们一定会真心地考虑，并同意和支持我的倡议，这里面当然包含他们对孙犁的景仰。果真如此，当他们听到我真诚的邀约，不仅一致表示看好这个选题，而且在现时出版极为困难的境况下，他们都有着非常乐观的预期。

我想这套书理应留在天津，便去找了天津人民出版社。那座熟悉的出版大楼里有多家出版社，以前也曾有过很多朋友，但这次我却选择去了天津人民出版社。将同几位作家说过的话，又极其认真地复述了一遍。我认为说得不错，重点突出，还带有明显的个人感情。前后不过几十分钟，出版社编辑完全听进去了我的推介，承诺一定会慎重地研究这个选题。早在1957年1月，天津人民出版社便出版了孙犁的《铁木前传》，这是这部中篇小说最早的一个版本。此次他们将再续前缘，牢牢地把握住这次难得的机缘，当选题顺利批复的那一刻，足以证明他们的眼光和魄力。这套丛书不可否认地将会成为近二十年来，孙犁研究领域的最新成果，当令文坛所瞩目。

我跟几位作家通报信息时说，这套纪念孙犁的书籍倘能如愿出版，我的辛苦是次要的，首功应该记在天津人民出版社身上，是他们的视野和胆识、气度与格局，成就了这套书。他们以精细的市场调研、论证，高度认可了这个选题的原创性和独创性，将在孙犁先生去世二十周年之际，出版一套由五位作者联袂完成的怀念文集,为孙犁先生敬献上一束别致的心香。

这五位作者和他们的著作分别为冉淮舟的《欣慰的回顾》、谢大光的《孙犁教我当编辑》、肖复兴的《清风犁破三千纸》、卫建民的《耕堂闻见集》和我的《忆前辈孙犁》。我之所以向天津人民出版社推荐这几位作者,盖因他们都与孙犁有过几十年交谊,通过信件、编过书籍,在各自的领域里深读孙犁,成就显著。还因为我们之间相互信任,自1979年1月"文艺周刊"复刊后的这几十年,历任编辑辛勤耕耘,被他们认为是最好的继承。我书中"文艺周刊"这部分内容,就是想通过与老作家们的稿件来往,写出孙犁对这块园地产生的巨大影响,为孙犁后"文艺周刊"时期的研究提供最新史料,也为学者早前提出的"'文艺周刊'现象"提供更多佐证。可以说,这五本书都试图以各自独有的洞见,写出与众不同的孙犁、永远写不尽的孙犁,其情至真,其心至诚,其爱至深。

巧合的是,我们这五个人都曾有过编辑工作经历。他们几位更是熟稔编辑业务,对待文字有着超乎寻常的热爱、执着和认真,在整理作品、遴选篇目、编排顺序、采用图片等环节,他们的严谨、慎重给我留下很深的印象。还必须强调一点,那就是这套书均采用散文笔法,较之那些高深的理论文章,更适合于读者阅读与品味，因为书中写的是人，是生活中的孙犁，有着亲切的现场感。此外，在我们的写作经历中，多数人还从没有单独出版过有关孙犁的书籍，这是第一次。而像这样的合作形式别无仅有，几本书讲述的虽是同一个作家，但又绝不雷同，反倒因为作者不同的身份和经历，相互印证，互为弥补，使书的内容更显丰满与多彩。

若说策划这样一套书，算得上是一个工程，几本书的体量还在其次，关键是要集齐书稿并使它们融合为一个整体，在内容及体例上趋于一致。在只有几个月的时间里，我们需要一起努力地往前赶，有人需要查找旧作、增添新篇，还有的需要重新校改原稿，表现得极为认真。

那些日子，我天天在电脑前忙到很晚，但心情却是愉快的。全部书稿都是先阅看一遍后，再传到出版社编辑的邮箱，尽管有时已近半夜，但我不想在时间上造成延误，而我们这些合作者，都是按时、按要求交稿，从未拖延。这使得我和这些作家朋友，有了更多默契与话题，他们都曾是我在《天津日报》文艺副刊工作时结交的重要作者，与我们的版面保持着多年联系，也因为这块副刊园地，曾是孙犁先生当年躬耕过的苗圃，让他们感受到无尽的暖意。

在成书的最后阶段，天津人民出版社将丛书名定为"我与孙犁"。由此丛书名统领,我们这五个人笔下的孙犁,展现出了一幅较为全景式的孙犁全貌,这一形式之前还不曾有人做到。由此,我想到孙犁晚年"十本小书"最后一本《曲终集》,在书的后记中,孙犁曾引诗曰:"曲终人不见,江上数峰青。"时在1995年,距今已有二十七年,其寓意可谓深矣:往事如云情不尽,荷香深处曲未终。

这五部书稿,原都有各自的序言或后记,但承蒙朋友建议、出版社要求,需要有一篇统摄全书的总序,我推脱不掉,只好勉为其难,谨将我们这套丛书形成的起始动因,作了如上说明。读者朋友在阅读书籍时或可作为参考,并请不吝指教。

特别感激几位作家朋友的倾情襄助,像这样真诚的文字交往并不多见,联袂出书这种形式更是难得。同时感谢天津人民出版社的鼎力支持,是他们帮助我——我们一起实现了这个心愿:在孙犁先生去世二十周年忌辰,我们齐心携手,各自以一本浓情的小书,共同敬献给孙犁先生,告知后辈的心语、已经传世的作品、一年比一年情深的荷花淀水……

2022年3月22日初成

2022年5月29日定稿

目　录

孙犁印象记

对于像这样一个真诚的作家,我们只要认真地阅读他的作品,便可以全面地理解他了。

——孙犁:《契诃夫(纪念他逝世五十周年)》

我和孙犁同志认识时间并不长,这两年,由于工作关系,接触的机会较多。每当穿过摆满花盆的露台,走出那仿佛经过战乱摧残的庭院,离开他那略显空落的住室时,心中总怀有一种想记些什么下来的愿望。然而每每过后事一多,手一懒,也就丢下了。我的每次登门,虽有约稿之意,却又不尽如此。对于孙犁,我始终保持着一种读者对于他所仰慕的作家的单纯、挚爱之心。在这种心地上留下的印象,即使不用笔记下来,也是忘却不了的。正像孙犁的作品留给我的印象一样。

第一次读到孙犁的作品,还是在上小学的时候。我那时读了几本古典小说,刚刚尝到文学的甜头,一本薄薄的语文课本,早已满足不了求知的欲望。于是,家中所有能翻到的书籍、字纸,都成了我生吞活剥的对象。我家不是书香门第,没有什么藏书,姐姐的课本就常被我偷偷拿来翻看,暂解饥渴。姐姐正在上中学。记得那时的中学语文课本,所选十分精当,多是经过时间考验的文学名作,很少趋时文字,许多篇章读过之后,几十年尚留有清晰的印象。孙犁的《荷花淀》亦在其中。

我从小生长在城市,对农村生活没有什么亲身体验。只是感到这篇小说读起来十分清爽,十分美,真像是"带着新鲜的荷叶荷花香"。印象最深的,是水生参军前和他媳妇告别的那段描写,那么细腻,那么传

孙犁的笑富有魅力(1988年·天津)

神,在我所看到的反映抗日战争的小说中,还没有见过这样的文字。那时看书,很少顾及作者,常在掩卷之后,不知作者系何人。只是到后来,又看了一本《白洋淀纪事》,才引起我对于这位作家的兴趣来。这本集子中,长短五十几篇作品,都是反映战争生活的,却几乎没有写到什么战斗场面。奇怪的是,比起那些情节紧张曲折、枪炮声大作的战争小说来,它却别有一种魅力。我本来并不爱看短篇小说,到图书馆借书的时候,总是先拣厚本的翻。孙犁的这些短篇,却使我几乎是一口气读了下来。我那时常喜欢从读过的书上摘抄下一些生僻的、自认为美的词句,或者带有哲理性的警句来,可是在这本并不算薄的《白洋淀纪事》中,却几乎摘不出我所要求的字眼。一切都是那么普通,那么和谐,没有突现在绿叶之上的花朵可供人采摘,可一切又是那样美,是一种不可分割的整体美。尤其是那些鲜明、生动的妇女形象,从外表到心灵都是美丽的,有风采的,使人掩卷之后,如闻其声,如见其人。这是怎么回事呢?这些看似平淡的短篇是靠什么力量来打动人的呢?我不禁在字里行间反复寻找着,终于没有找到答案。我猜想,这位作家一定有着女人一样细的心,女人一样丰富的感情;否则,他怎么能像水生媳妇在丈夫脸上看出"他笑的不像平常"那样,在同时代的妇女身上,分辨出她们的细微差别呢?

可惜，这时我已参军离开天津，不能当面向作家请教，以解开我心中的疑问。那本《白洋淀纪事》，就是在连队我的前任文书的书箱里翻到的。那时，白天在峻拔的山峰上施工，满耳是铁锤击石的叮当声；夜深人静，头顶上，遮住漏屋的雨衣，在雨水的敲打下，滴答作响，面对一盏油灯，摊开《白洋淀纪事》，心神关注着书中人物的命运，忘却了满身的疲劳，这情景，至今想来，历历在目。从军六年，辗转于山林边塞之间，远离家乡，远离亲人，我开始真正懂得了感情，懂得了生活。当只装有几条人生概念、几个数学公式的头脑，被切身的体验逐渐充实起来的时候，我觉得，原来的许多问题，不需要别人来解答了。

"十年动乱"之中，我回到天津，虽说与孙犁共居一城，彼此间却离得更远了。孙犁和其他同行们一样，都交上了华盖运，只能从造反小报的批判文章中，了解一些他凄哀的境况。他的作品自然也被列入"毒草"之丛，付诸一炬。好在像这样的文字，是不大能烧得绝的。从出版社废弃的旧书中，我曾找到过《铁木前传》《津门小集》等我未曾读过的孙犁著作。这些和时尚十分不谐调的文字，使我对于作家有了进一步的认识。

时间终是有情的。距初读《荷花淀》十多年之后，我终于有机会看到了孙犁，这已是粉碎"四人帮"后的1979年。日月蹉跎,世事沧桑,当年的小读者虽已满腮胡须,荷花淀那一片明净的天地,却仍然保留在我的心上。回顾往事,我清楚地感到了自己的成长,却不曾料到,逝去的岁月在作家身上也同样留下了深深的印痕。早年对于这位作家的猜测使我想来脸红,而熟人中关于他的传闻,又使我有些胆怯。有人说他性情孤僻,不喜交际,甚至近于冷漠;有人说他主观固执,对人对己,过于苛求,有些不近人情;作为编辑和他打交道就更困难了,据说他的稿子任何人不得改动一字,言语不合,就可能被拒之门外。这些说法所描绘的形象和我心中《荷花淀》作者的形象是大不相同的,那么,我到底会见到一个怎样的人呢? 这就是我在推开孙犁住室屋门时的矛盾心理。

这是一间相当于小型会议室那样大的屋子,一排半人多高的书柜将房间隔成了两半,外面一半是书房兼会客室,越过柜顶,可以看到里间摆放着一张挂着旧蚊帐的木板床,那该是卧室了。室内的家具陈设实在少得不能再少了,使得被一分为二的房间依然有些空荡之感。在一张推门可见的方桌旁,一位面容清癯的老人站起来迎接我们,那高高瘦瘦的身材,毫不引人注目的衣着,和这素朴的房间十分谐调。老人果然不善言谈,问答之间,三言两语,语句都很短,像他的文字,声音却浑厚、洪亮,显得底气很足。后来,听孙犁谈起,这还是抗战初期在冀中抗战学院讲课时练出的功夫。这所抗战学院设在深县(现深州市)中学,操场上搭起一个大席棚,可坐五百学生。孙犁在学院教抗战文艺,那时当然没有麦克风,教员讲课必须大声喊叫,而且一节课就是三个小时。这就像戏曲演员天天吊嗓子一样,自然练出了一副好嗓门。"文化大革命"期间,孙犁被审查,同在学习班的有一位解放前当过相士的女人,她曾根据孙犁的嗓音推算出作家的命运来。这位女相士大概并不知道孙犁的这一段经历吧。其实,作家的命运总是和他所生活的时代息息相关的。风起云涌的抗日战争改变了千百万人的命运,也改变了孙犁的命运。强敌压境之时,揭竿而起的农民,在共产党的领导下,前仆后继,奋勇抗敌,创造了彪炳史册的业绩。孙犁生活在战斗的队伍中,随着征战之路,开始了他的文学之路。"生活就像那时走在崎岖的山路上,随手可以拾到的碎小石块,随便向哪里一碰,都可以迸射出火花来。"英雄的业绩照亮了作家的眼睛和心灵,使得这位本来可能以教书终其一生的乡村知识分子,写出了无愧于战友与时代的篇章。此刻,这位历经风雨的作家平静地坐在我的面前,脸上浮现着淳厚的微笑,眼睑低垂着,使得那双有人形容为"笼着水光的眼睛"被遮住了,显得有些神秘。我脑子里又记起关于这位老人的传闻,竭力想通过观察来寻找肯定或否定的根据。忽然,和我同来的老李不知说起了什么,孙犁仰脸笑了起来。像微风荡起满湖清波,这笑声清亮亮的,那样爽朗,那样畅快,听得出,这是发自内心、敞开心扉的笑声,这是像孩子一般毫无顾忌的笑声,你可以循着这笑声走进他的心里去,洞察他的内心世界。只有真诚地热爱生活的人,才会发出这样的笑声。听到这笑声,我不由眼睛一亮:这正是《荷花淀》的作者应该有的笑声。这笑声我是熟悉的,它激荡在《白洋淀纪事》的每一篇章里,使那艰苦卓绝的战争环境洋溢着一种令人向往的美感,使那些普普通通的农民身上焕发出一种感人至深的精神力量。我觉得,那些我所听到的传闻在这笑声中烟消云散了,我和孙犁之间的距离一下子缩短了。

这以后,仿佛有一股不可言传的力量,常引我到这里来,我也就常常沉浸在这笑声带来的感染之中。老实说,这个居住着十几户人家的大杂院,丝毫引不起人的美感来。据说,"文化大革命"前,这庭院是一座花园,小河石山,花木繁盛,家家广植海棠、芍药,满院飘香。而现在,经过了人为的和自然的地震,花木都已不复存在,假山也被肢解,挖来做搭盖临建的材料,院内东倒西歪地挤满了各式的小屋,原有的住房却因年久失修,门窗破旧,漏雨透风。就是在这陋室之中,我曾兴奋地捧读过作家刚刚完成的新作,倾听着作家朗朗回顾自己的"文学和生活的路"。"斯是陋室,惟吾德馨",主人的人格和文字,一次次将我领入美妙的境界之中,给我留下许多愉快的记忆。

在有些人看来,孙犁是个古板的怪人。进城三十多年,他依然保持着河北农村的生活习性。素食清茶,布衣布鞋,玉米面加上山药蛋或胡萝卜煮成的粥,是他最喜欢吃的佳肴,一项旧蚊帐是战争时期部队所发,至今已无法补缀浆洗,却还在使用。他从不看戏看电影看电视,几乎与任何一种娱乐都绝缘。

在多伦道旧居门前(1975年·天津)

1976年1月,周总理逝世,他破例到邻居家看了一次电视,那是为了向敬爱的周总理告别。曾经有一位青年,出于好奇,特地跑到孙犁家中,要实地观察一下这位著名作家的日常生活,结果大失所望。甚至由此感到,人到老年,这样孤寂、清苦,生活还有什么意思。这位青年大概也是喜爱孙犁作品的,但他并不理解作家的甘苦。也有的人传说孙犁看破红尘了,对生活已经无所求了。针对这种说法,孙犁表示:"我红尘观念很重,尘心很重。我从来也没有想到西天去,我觉得那里也不见得是乐土。"记得他在同《文艺报》吴泰昌同志谈话时,说到这几句,声调格外高昂起来,显出少有的激动。是的,作家对于生活,有着执着、深沉的爱。如果要问,在孙犁的生活中,乐趣何在?答曰:就在读书写作之中。孙犁在自做书笺中说:"淡泊晚年,无竞无争。抱残守阙,以安以宁。唯对于书,不能忘情。"又说:"写作本身,对我来说,就是最大的最有效的消遣。我常常在感到寂寞、痛苦、空虚的时刻进行创作……新写出来的文字,对我是一种安慰、同情和补偿。每当我诵读一篇稿件时,常常流出感激之情的热泪。确实是这样,在创作中,我倾诉了心中的郁积,倾注了真诚的感情,说出了真心的话。"

这几年,孙犁的作品,常是在夜深人静之时,辗转在床,打好腹稿,清晨起来,伏案而就。真可谓"夜以继日,绕以梦魂"。

每于动情之处,热泪盈眶,一篇脱稿,往往几天之内感情不得平息,体力不得恢复。写作对于孙犁来说,不只是职业,不只是爱好,简直就是生命。在一般人的印象中,孙犁为人胆小怕事,谨于言而慎于行,写起东西来更是瞻前顾后,字斟句酌。这是孙犁为人为文严谨认真的反映,要说顾忌,恐怕只有一条,就是怕因文致祸,失去写作的权利。"十年动乱",作家被剥夺了这一权利,使他多次轻生欲死。就是在那样的时候,有人劝他写点亮相的文字,也有人劝他按照当时的口径把《白洋淀纪事》改一改,他都几乎没加思考地拒绝了。他不愿用虚假的感情,去欺骗读者,更不愿按照"四人帮"的立场、观点、方法去篡改人民用血写下的历史。他是把真诚视为比写作、比生命更珍贵的东西。不能说真话的时候,宁可沉默。正是基于这样一种信念,这位看来谨小慎微的作家,却常在文字中直陈肺腑,发别人所不敢发。

"四人帮"被粉碎之后,随着党的政策的落实,报刊上回忆、悼念文字兴盛一时。开始一段时间,这些文字多不敢流露个人感情,只是陈述逝者履历,罗列其功绩,完全是追悼会上的悼词翻版,这反映了当时"左"的思潮还禁锢着人们的心灵。孙犁的恢复写作,也是从回忆开始的,而他的回忆文章,情真意切,实事求是,不矫饰,不趋时,蕴含了作者深沉的感情,显示了作家自己的风格。孙犁的这些文字给文坛带来了新鲜的气息,同时也因不合时尚而引起一些非议,有的甚至不得发表。孙犁却不管能否发表,仍旧按照自己的想法写下去。他说:"我所写的,只是战友留给我的简单印象。我用自己的诚实的感情和想法来纪念他们。""我谈到他们的一些优点,也提到他们的一些缺点,我觉得,不管生前死后,朋友同志之间,都应该如此。"后来的事实证明,孙犁坚持的是正确的。

党的十一届三中全会以后,随着思想解放的潮流涌进,一批中青年作家应运而生。他们勤思考,少顾忌,尖锐泼辣,直面现实,以明显的优点和弱点拥上文坛。他们之中,有些在20世纪50年代孙犁主编的《天津日报·文艺周刊》上显露过才华,得到过孙犁的扶植。对于这批中青年作家的崛起,孙犁是十分关注的。那段时间里,常常可以看到孙犁站在窗前,凑着窗外的光线,认真阅读着报刊上发表的作品。年迈体弱的老人,眼力和精力都大不如以前了,篇幅长、字号小的文字,总要分几次才能读完,而他依然同过去一样,不声不响地为青年们熬着心血。他写下的一篇篇言简意深的《读作品记》,包含着这位老作家对于文学现状的真知灼见,也包含着他对于文学新人的满腔热情。这种热情蕴藏在尖锐中肯的剖析、语重心长的告诫之中,和那些无聊的吹捧、廉价的桂冠形成了鲜明的对照,这些自然也被有些人认为是不合时宜的,引来了种种非议。为此,孙犁不得不郑重声明,他所论及的作家和作品,都是他十分敬重的,其实,这些都是不言自明的。在一股潮流面前,敢于直言自己那些不合潮流的见解,这需要有足够的勇气。孙犁从来不标榜自己的勇敢和胆略,然而他是这样做的。

在自己简陋的住室中,他安静地读书、写作,仿佛有意与世隔绝。可是,当形势的发展,使那些复杂的矛盾明朗化之后,我们却总是发现,他已经悄悄地站在了正在行进的队伍的前列。我自认为对孙犁有了一些了解,这些矛盾的现象却常令我困惑。我曾把自己的印象,直率地告诉孙犁,他听后没有说什么,只是微微一笑。

后来,我在翻阅有关孙犁的资料时发现,他的为人之道和为文之道是一贯的,并非自今日始。1952年,几个师范学校的学生,对小说《荷花淀》中的一些写法提出意见,这些意见现在看来,显然是片面的,甚至是可笑的,反映了青年们中间存在着不正确的读书方法。对待这些错误的批评,孙犁没有因其幼稚而反唇相讥,据理指责,也不是无原则地敷衍应付,做出一副谦虚的姿态。他对来信认真思考之后,郑重地写了一封长信,详细陈述了自己的看法,并进而指出批评者思想方法和学习方法的不妥当之处,谆谆告诫青年,看作品时,不要只和概念理论对证,还要和生活对证,查一查"生活"这本大辞书。这封复信坦诚、真挚、平等待人,洋溢着对于青年的关心爱护之情,使我至今读来,仍为之感动。孙犁那不避嫌、不世故,坚持真理、无所顾忌的勇气,更使我佩服。据说,此信在《文艺报》发表后,收到无数置骂信件,说什么的都有。这些信件,我没有读到过,不过其中的言辞,我是可以想象得出的。今天不是昨天的继续吗?在回顾这件往事时,孙犁曾表示:"后来就不敢再这样心浮气盛了。"此话我却并不完全相信,这里面隐含着多少潜台词,仔细读过孙犁近作的读者,是不难体味出的。

"当我在一个明净的黄昏,从苍茫的田畴上默默地缓步走回家去的时候,当我在一个幽静的月夜里,独个儿凭栏远眺,看着银灰色的山峰在云端浮动的时候,当我在江阔云低的客舟中,忽然听到一支熟悉的深情的乐曲的时候,当我在炎热而尘土飞扬的旅途上遇到一位热情的农村姑娘,她亲切地请我喝一碗清凉而略带甜味的井水的时候,当我蹲在炕头上跟我那位老房东挑灯夜话,听着他那恳切而严肃的声音,看着他那善良、正直而又有点忧郁的面容的时候……不知道是什么原因,我会自然而然地联想起孙犁同志的作品中的某些人物和景象,某些气氛和情调。"这是20世纪60年代初,评论家黄秋

13

耘关于孙犁作品的片断感想。此刻,我的面前摆着三本规格相同的散文集——《晚华集》《秀露集》《澹定集》。这是粉碎"四人帮"后,作家孙犁献给读者的三本新作。我在读着这些作品时,常生出这样的联想:我失迷于山径崎岖的岔路口,一位刚刚收工回来的老农,肩荷铁锹,用手中握着的烟袋杆,向我指点着山窝里炊烟袅袅的村庄;硝烟弥漫的战场上,冲锋号吹响了,连长把弹洞累累的红旗递给我,又轻轻地为我正了正军帽,在我耳边简短地叮嘱着;灯火阑珊的剧场里,管弦乐的喧响之后,一支大提琴缓缓流泻出深沉的咏叹,我的心系在琴声上起伏宛转,渐渐向高处升腾而去……我不知道,别的读者是否有着和我同样的感觉,不过,我相信,熟悉孙犁作品的读者都不难分辨出,这三本新作仍然是《荷花淀》作者笔下的文字,只是在原有那种荷花的清新秀嫩之中,又透出了松柏的古朴苍劲,显得更蕴藉更深沉了。生活在前进,作家的风格也在发展变化。我不想在这篇零乱的印象记中,探讨孙犁近作的风格,这未免有些自不量力。我只是想说,孙犁的作品和他的为人是完全一致的,可以信赖的。这里可以借用他在纪念俄国作家契诃夫时所说的一段话:"我们只能从他的作品认识他……对于像这样一个真诚的作家,我们只要认真地阅读他的作品,便可以全面地理解他了。"

最近,孙犁曾说:"我平生最可庆幸的一件事,就是没有培养起一点权力欲来。"这话是在谈笑中随便说出的,却是值得深思的。文章乃寂寞之道,懂得这一道理的不乏其人,而真能身体力行者,又有几个? 当我们沉缅在孙犁作品的艺术感染之中,不也会暗自庆幸:"多亏……"

孙犁在谈到《红楼梦》时,说过这样的话:"它是经历了人生全过程之后,在丰富的生活基础上,产生了现实主义,而严肃的现实主义,产生了完全创新的艺术。"孙犁今年整整七十岁了,老人一生"经历了美好的极致,那就是抗日战争","也遇到邪恶的极致,这就是最近的动乱的十年",可以说是知道全部人生的。我们——这些孙犁作品的爱好者们,不是完全有理由对于这位老作家寄予更高的期望吗!

1982年2月13日

尺泽清清

——孙犁印象记之二

　　孙犁今年整七十岁了。"人生七十古来稀",这虽是一句老话了,但对于古稀之年的到来,人们终究还是很看重的。年初,听孙犁念叨,过生日那天,准备把孩子们都召来,吃顿寿面,热闹一番。老人素喜清静,常年独居,有如此计划,可谓难得。我也不由心向往之,希望老人能痛痛快快地过个生日。后来,我离津出差,把这件事忘却了。过了很久,我才偶然问起孙犁,七十大寿过得可好? 孙犁说,想来想去,还是不折腾的好,没有这份精力了。过生日那天,谁也没让来,自己一个人吃了碗面条,就算过去了。老人说得很轻淡,毫无抱憾之意,我心里却有些沉甸甸的:他为什么连这样一个让生活显示魅力,使老人得以自慰的机会都放弃了呢? 是他的内心充实得不需要这样的安慰,还是洞彻了人生的奥秘,感到一切都无所谓?

　　孙犁的生活,确实是孤独寂寞的,闭门独居,一日两餐菜粥,除读书写作之外,别无嗜好,可以说很清苦。不大了解的人,常视之为脾气古怪,连一些熟悉的朋友谈起来,也不免为之唏嘘。其实,老人自有他的向往,有他的爱憎,有他丰富而敏感的内心世界。青年时代形成的生活信念,并没有因遭劫难而泯灭。只不过经历的世事多了,对生活的感情不像年轻人表现得那般热烈,而是趋于深沉和冷静。"虽经一劫,然又不失其赤子之心。"老人对于生活的挚爱之心,有他自己的表达方式,这就是写作。爱得深,就会爱得冷静。请看孙犁近年的文字,透过表面冷峻的薄冰,可以看到下面流动着希望的热流。明净的水波中,可以照出作者对于现实生活的关注和沉思的目光。即使是那些回忆往昔的文字,也是面对现实的,没有丝毫超凡厌世的神仙气。在谈到一位老诗人的作品时,孙犁说:"老的一代,经历了十年大雾四塞,荆天棘地,蛇蝎环逼的痛苦生活,创伤未及平复,又写下了回忆战争,回忆饥寒,回忆疟疾,回忆战友死亡的诗。它的意义、或者说它的终极目的何在呢? 当然不是对现实的失望或绝望,而是寄托着一种为了祖国,为了未来,为了青年一代的希望。"我想,这也是老人在剖明自己的心迹吧!

丁玲来津看望孙犁（1982年5月）

  11月初，《萌芽》的同志来天津组稿。按节令还不到冷的时候，那天却突然下起了大雪。我们冒雪一起去看孙犁。院子里一片泥泞。在被"临建"切割成的岔路前，我们犹豫了一阵，想挑一条干一些的捷径，结果还是踩着泥水过去的。屋子里还没有生火，有些冷，那一阵，孙犁身体不大好，加上对于突然袭来的寒流不适应，看上去很疲倦，显得比往日苍老。见《萌芽》的同志来访，他很高兴，话也比平时多。50年代，《萌芽》刚创刊时，孙犁就很关注。那时，他主编的《天津日报·文艺周刊》，也是以热心扶持文学新人而著称的，和《萌芽》可以说是并肩战斗。恰好,《萌芽》的主编哈华同志,和孙犁又是抗日战争时期的老战友。一见面,孙犁就问起哈华同志的近况,又忆起新中国成立初期,和哈华在上海匆匆见面的情景。两位战友一别近三十年了。孙犁恋旧,谈起老朋友,爱动感情。年轻的《萌芽》编辑很机敏,适时地提出,希望孙犁为文学青年写些谈创作的文字。我也在一旁敲边鼓。对于各地报刊的约稿,不论刊物大小,孙犁一般都答应得很爽快,而且,只要身体条件允许,都能言而有信。这一次,孙犁也很爽快地答应了,接着又有些沉吟,过了一会儿,他说,他很乐意为《萌芽》写稿,不过,年轻人心地单纯,为他们写什么,还要好好想一想。不能用老年人的情绪影响他们。

老人的一番话,使我心中为之一动。我似乎记得,有一位老作家在自己的作品中,也讲过类似的话。回到家里一查,果然,在《寄小读者》的第一篇通讯中,冰心写道:"小朋友,但凡我有工夫,一定不使这通讯有长期间的间断。若是间断的时候长了些,也请你们饶恕我。因为我若不是在童心来复的一刹那顷拿起笔来,我决不敢以成人烦杂之心,来写这通讯。"

窗外,大雪还在下着,地面是暖的,纷纷扬扬的雪花,落到地上,一片一片地融化了。我的心中好像也有什么在融化,一点一点滴落下来,流淌开去,使我感到温暖和舒畅。

对于文学青年的爱护和扶持，孙犁是始终如一、竭诚以赴的，可以说是他生活的一个重要组成部分。近年来，孙犁年迈多病，精力大不如以前了，也还是以极大的热情关注着文学新人的成长。《读作品记》《小说杂谈》等文章，就是他对初上文学之路的年轻人最实际的扶助。这些文章深入浅出，言简意明，不赶时，不应付，不空谈，因此，也常被认为有些不合时宜，而更多的反响，则是理解、敬重、感激。我的一些青年朋友，就常在来信中谈到读孙犁作品的感受，表达他们的诚心祝愿。《孙犁文集》刚一出版，外地不少朋友纷纷托我代购，以致令我有些应接不暇。这厚厚的一套文集，定价六元多钱，工资菲薄的青年人，非爱不释手，难得下此决心。由此说来，孙犁的孤独寂寞，也并不完全如彼。一个作家，有一批真心热爱其作品的读者，还算得寂寞吗？

前不久，《许茂和他的女儿们》一书的作者周克芹，由北京开过茅盾文学奖授奖大会，受百花文艺出版社的邀请，来天津逗留几日，曾专程去看望孙犁。周克芹从学生时代就喜爱孙犁的作品，心中倾慕已久，只是没有机会见面。孙犁在他的《小说杂谈》中，评论过《许茂和他的女儿们》，在高度评价其成就的同时，也对小说中的议论，提出了自己的看法。因此，这篇短文曾遭到一些人的非议。周克芹为人也比较拘谨，加之对于孙犁的敬重，乍一见面，心情十分紧张，点烟时连火柴都没有拿住，还是孙犁为他点着了。一谈起话来，气氛就不同了。周克芹发现孙犁对他是那样熟悉，不要说是作品，就连他在一家地区刊物上发表的答记者问，孙犁都看过，而且记得很清楚。如此细微的关心，使周克芹颇为感动。两人促膝谈心，相见恨晚，彼此引为知己。

孙犁待人，重实而轻名，从不因名望、地位的不同而有别。一位西北大学的研究生，与孙犁素昧平生，因撰写毕业论文致信孙犁，拟来津当面就教。孙犁复信劝阻未果，这位热心者不远千里，径自前来。孙犁感其远道而来，将平日对于艺术与美诸问题的思考，竭诚相告。这次谈话内容后来经孙犁整理补充后，在《中国青年报》上发表，题为《谈美》。近两年来，孙犁发表自己对于美学的见解，这是比较全面深刻的一次。我们平日虽然来往不断，所谈也不过三言五语。看到这篇谈话记录，我不由对那位幸运的年轻人，有些嫉妒起来。

就我个人的体会，和孙犁的文字交谈，比和本人交谈要容易得多。孙犁平素少言寡语，系性格所致，并非清高自傲或对人冷淡。而在作品中，孙犁却能够敞开心怀，毫无芥蒂。在给一位青年作者的信中，孙犁说："对于新交，他们是从我过去的作品认识我的，见面以后，我也担心他们会说是判若两人。"这

孙犁在天津郊区

确实是自知之言。说到孙犁的作品,除了惯常的评论之外,我觉得,孙犁的文章越到晚年越有魅力,其美美在透彻。正因透彻,才得真切;正因透彻,才得简洁;正因透彻,也才得含蓄。这当然不只是文字的功力所致。我读孙犁的文章,就常常生出一种通透的快感,令我心中发笑。因此,我劝愿意了解孙犁内心世界的青年朋友,不必费其他周折,尽可到他的作品中去寻找。那里面有老人对于生活的全部体验,有作者自己的完整形象——长短优劣,喜怒哀乐。

不久前,孙犁将其新作结集,集名《尺泽》。《〈尺泽集〉后记》是一篇难得的佳文,可以被看作孙犁的人生宣言。在这

里,孙犁借尺泽的形象,表达了内心的愿望:

      尺泽虽小,希望它是清澈的,没有污染的。它是从我的心泉里流出来,希望能通向一些读者的心田里去。

      希望在它的周围,能滋生一片浅草,几棵小树。能为经过这里的,善良的飞鸟和走兽,春燕和秋雁,山羊或野鹿,解一时之渴,供一席之荫。

      这就是一位经过战争和动乱的老人,在古稀之年到来时,心中所想到的吧!

      尺泽清清,如见其人。尺泽虽小,其情却深。尺泽以细微而清澈的甘泉,滋润着身边的小树,茂草,也滋润和净化着自己的生命。我愿所有乐于在它身边流连的人,都能够尊重和爱护它的清澈。

1982 年 12 月 30 日

孙犁与《津门小集》

说起孙犁与天津的关系，不能不提到孙犁的《津门小集》。《津门小集》，一本薄薄的小书，只有短短的十八篇千字散文。它在孙犁的作品中并非什么代表作，甚至可以说是无足轻重，但它对于天津，对于新中国成立后的新天津，却有着异乎寻常的意义。在此之前，作为一个半封建半殖民地的都市，旧中国的天津，曾经出现在曹禺的戏剧中、刘云若的市井小说中。然而面对 1949 年以后的天津，经历了战争而获得了新生的天津，用文学之笔抒写它、记录它，特别是描绘这座城市的新主人——工人的生活，孙犁是第一人。早在 1949 年 1 月，可以说在人民解放军进入天津的同时，孙犁就在《新生的天津》一文中，热情地呼唤着"一种新的光辉，在这个城市照耀，新生的血液和力量开始在这个城市激动,一首新的有历史意义的赞诗在这个城市形成了"。也就是一年之后,1950年,孙犁首先实践了自己的期盼,以天津工人生活为素材,在写作《风云初记》的间隙,相继写出了《学习》《节约》《小刘庄》《团结)《保育》《宿舍》《挂甲寺渡口》等散文。光是读着这份目录,老天津人都会感到亲切。毋庸讳言,作者对于城市对于工人还不熟悉,只是记叙自己的所见所闻,难免单薄。单薄虽单薄,这些文字却都真切而质朴,没有当时知识分子写工人时,惯于奉送廉价的空话大话的毛病,仍不失孙犁的文字风格。即使时过境迁,几十年后的今天读来,仍可看出作者对劳动者细密的爱心。比如作者尽量避免写工厂的生产场景,而是通过上下班的工人、工人聚居区的家常气氛、业余时间的学习等,从侧面烘托和营造一种工人当家做主的崭新气象;比如尽力将工人生活和自己熟悉的农村人物、农村场景联系起来;比如用单镜头式的片段点染来发挥自己长于白描的优势。总之,孙犁为了写好新中国成立初期的天津工人,可谓费尽苦心。也许作者对这一组散文仍然不大满意,当年(1950)在《天津日报》陆续发表后,迟迟未结集出版,直到1962年。1962年也是一个重要的年份。刚刚走出三年困难时期的中国人民,需要鼓劲,重新开始前进的步伐。也许孙犁这时更加惦念解放初期结识的那些工人和他们的家属。1962年9月,《津门小集》经作者授权、由百花文艺出版社出版。孙犁在该书"后记"中说:"我同意出版这本小书,是想把我在那生活急剧变革的几年里,对天津人民新的美的努力所作的颂歌,供献给读者。"

20世纪80年代,我多有机会就教于孙犁。一次闲聊时,提到了《津门小集》。我说,写过《荷花淀》,再写《津门小集》这样的文章,真是难为你了。我原以为孙犁不会愿意谈这个话题,或者轻描淡写一句带过。不料孙犁感慨地说:"那时还年轻啊,有一股子热情。"沉默了一会儿,他又说:"现在这种热情越来越少了!"随后他颇动感情地回忆起,当年为了赶在上班前到厂门口去采访工人进厂的实景,天不亮就起床时那种兴奋的心情。

我以为,在孙犁的作品中,从始至终充溢着一股对生活、对劳动者的热情。只不过,到晚年这股热情更多地隐在冷峻的思考、尖锐的文化批判的后面。正是这股热情,使孙犁在晚年得以将毕生的心路历程,锤炼成精粹的散文随笔,达到了文学的高峰。孙犁是完成了自己的。环顾新时期文坛,能这样完成自己的,只有上海的巴金、天津的孙犁。孙犁的文学成就,正是天津文化的标志性建筑。有了这个标志,我们可以少一些浮躁和夸饰,扎扎实实地做一些与百姓息息相关的事情。我想,这也是孙犁在另一个世界的愿望吧!

听孙犁谈童年

　　全村(东辽城村)都很穷。我家有五十多亩地,这样的家户全村只有三四家。只有一户大地主,有一百多顷地。笸都是用马尾制成,因此村里的马尾作坊多,编笸的手工业者多。再有的做点小买卖,卖糖、烟、烧饼、馃子,或设小牌局抽头,也有打短工的。我出生时,父亲已吃上股,家境好转,买了地,盖了房。后来定为富农,并不过分,但土改搞得很"左",富农比别的地方的地主还搞得厉害。越是老区,搞得越凶。新瓦房都拆了,基本上是扫地出门。

　　全村只有我上中学,还有一个上师范。一般人家,上个初小,就下地干活了。我上中学,每年需一百五十块大洋。相当于十亩地的收入。谷子碾成米,一斗米(三十斤)才卖三块。

那时,每亩六斗谷就是好收成,麦子只能打四斗。完全靠天,没有什么科学知识。我上学回家,对我很娇贵的,但吃的也就是红高粱饼,父亲赶集买点葱,蘸大酱就是菜。春天也吃糠,红白高粱是长年的饭食。别的人家吃的就更差了。

(插话:按老话说,你父亲就算有本事的。)

也不是本事。父亲学徒就得忍耐。前边是钱铺,后边是粮油作坊。商业和手工业结合。学徒三年,站柜台,侍候客人和掌柜的。晚上给大一点的师兄铺床,放夜壶,早上还得倒了。只有晚上过账时,才能学点本事。每天晚上个把钟头,一人念账,每个学徒都拿把算盘打。掌柜睡了,就拿包装纸练字。三年后,字写得很漂亮,算盘打得飞快。三年后可吃劳金,开始很少,若干年后一整股。由先生、二掌柜、掌柜,一级级升上去。干了一辈子,攒钱买了五十亩地,一处房子,很正规的一个富农的规模。刚拾掇好就土改了。结果,拆的只剩了三间北房。

我上六年中学,每年得花一百五十元。三十六元学费,还有饭费、杂费、书本费。地主家也不一定能供一个大学生。

父亲和邮政局长熟,看人家邮政局活儿好,局长一月五六十元,邮务员必须会英文,一月也有三四十元。想让我将来干。按说正常人家,小学出来是要送去学生意的,我从小娇惯,学不了生意,受不了那份气,种地也种不了,吃不了苦。我在北京流浪时,父亲听说北京邮政局考工,特地把文凭寄来让我考。结果一看那阵势就不行,英语口语差得太远。上学时老师还说我英语很好。按我父亲的目标,对我要求并不高。只要我中学毕业后,一年挣出一个长工钱(因为我种不了地),也就是一年四五十元。后来我当小学教员时,一年能挣两个长工钱。我对邮政局毫无兴趣。

(插问:从小是什么原因爱上看书、爱上文学的? 客观环境似乎没有什么有利条件。)

我从小身体弱,干不了别的,就好看书。书迷。17岁结婚后,按规矩,正月到丈人家住半个月,很舒服,吃得好,很多人陪着玩儿,赌钱。我那时已不好赌钱。丈人家有一间招待客人的小屋,装满了书。我天天躲在屋里看,被传为美谈。"这孩子有出息!"

小时候,我有一段很迷赌钱。除了打麻将,什么赌都会。本院叔叔大爷都好赌。有时叔叔故意输给我,把好牌扣了,哄着我玩。当家的一个爷爷,是看宝的。他看我爱赌钱,让我到幕后去做宝。十四五岁时很迷。从中学毕业到北京,突然就不赌了。小学念书"手、刀、尺,牛、马、羊",老师都是简易师范毕业。

　　我从小孤僻，不好与人家交往，就爱看书。上学时，我好看戏，在北京，李玉茹的戏看得不少，四毛一张票，也看富连成班，谭富英等在广和楼。也看过名角，程砚秋，杨小楼，看戏也是一个人去。电影也爱看，迷阮玲玉，不爱看胡蝶。我在东城住，有时不惜走到西城看阮演的片子。阮死后，剪报很多存下来。喜欢美术画片，桌上总有一个铜镜框，放一张画片，或古典名画，或裸体美人。屋里也挂画。

　　在北京饭铺吃包饭，欠人家饭钱。交三元钱就可以总吃下去。人家不好讨。到现在我还欠人家的呢！

迁居后，先生身体大不如前了（1989年8月，摄于孙犁鞍山西道新居）

在市政府工务局,每月二十元。当小学事务员,每月十八元,但要交六元伙食费,买书后所剩无几。

在同口教书时,二十四元一月,学校有伙食,因此剩钱多,就开始大量买书。往上海、北京邮购。七七事变后,回家时有两个柳条包的书。《萌芽》《文学月报》《北斗》《拓荒者》《世界文化》《译文》,订的都是全套,有个别缺的,在北京时跑地摊凑齐了。书的命运:后来闹日本时,让汉奸搜出烧了一部分,老伴用来烧火,父亲拿去换挂面吃,剩下一部分,土改时让贫农团卷烟抽了。

我上学买书,用多少钱父亲也不反对。中学买的《辞源》,一部要好几块。我父亲说,他小时候穷,没念多少书。我在保定上学时,他还给我寄《曾文正公家书》。那时我对这些书当然无兴趣。

我父亲好写字,学徒时尤其用功。我放暑假,在场院摆个桌子教我练。我始终没下功夫练。父亲说我只会半个字。抗战胜利后,县烈士纪念碑让我题字,消息传到我家,父亲说:"还让他写字。"表示看不起。

我小时爱好很广泛。学过刻图章,自己起点奇奇怪怪的别名,胡琴也买过,也没学成。我的手很笨。高小音乐不行,中学美术、手工不行。网球打得不错,当然不是什么选手,只是好打。同学中始终联系的只有李之琏,现在是中纪委书记。中学六年的同学只有他了。《文集》出来,赶快寄他一部。他来信抱歉地说,不能马上看了。

中学图书管理员王斐然对我帮助很大,介绍一些书给我。图书馆书不少。中学看书多,住校,特别是高中,比较自由了,功课也不太紧。现在想起来,书名真多。那时看书爱惜,不在书上画写,只摘抄一些字句。现在后悔了,写读书记就很费劲。

父亲常年不在家,因此受母亲影响大。

1983年9月9日周六上午

听孙犁谈母亲

母亲很苦。一共四个姐妹,有两个弟弟,共六个孩子。全家靠外祖母织布维持生活。一家人要人歇马不歇地织,她又是老大,劳务负担可想而知。家里只有三四亩地。大舅父下关东,四十多岁回来才娶个老伴儿,一直是贫农。母亲嫁过来,我家也很穷。孙家是大家庭,人口很多,磨面、卖馒头为生。用这种作坊来维持大家庭。母亲后来说,我吃麸子吃怵了。要吃白面,就全是,不要掺麸子。

上有老,下有小,很不容易。我父亲兄弟俩,还有两个姑姑。父亲上过二年私塾,在村里识字的人家。村里有个山西人,在安国县做生意,招赘在这村。他把我父亲介绍到安国做生意。祖父活着时很希望父亲能吃到股份,但未等到就死了。

祖父死时无以为葬,同事说是否邀会,父亲不同意,结果是借钱才得以入土。

母亲讲过,坐月子时没有柴烧,拆了个破鸡笼,才整的粥喝。

我弟兄七个,我是老六。上下几个都死了。据说一个月就死了三个,传染病。我祖父怕母亲想不开,疯了,让她出去赌点小牌。

后来父亲熬到吃劳金,买了五十亩地,叔父在家种。我去保定上学时,叔父闹分家,我家分到二十亩,后又逐渐买到五十亩,雇工来种。实际上是富农,但不是很大规模的富农。五十亩地一头牛,一个长工,忙时雇些短工。常年吃红白高粱,不买肉。生活并不富裕。春天闹春荒,就得挖野菜,捋杨树花。母亲一直未脱离劳动,一到秋天,疯了一样,争秋夺麦。

我记事,母亲已是四五十岁,很少织布了。但我的两个闺女,十一二岁就会纺线。小孩上学买课本,母亲就说:"找秋喜爷爷去抄一本,不要买了。"母亲常说;"嗓子是个过道,好的坏的都一样。饥了糠如蜜,饱了蜜不甜。"过年杀个猪,煮出肉来,又一大块就吃。常年吃不上啊。

母亲性格开朗,在乡里人缘很好。她是当家的,很敞快,乡里有事,她总在前边。可怜穷苦人。五十多岁后,总说自己活不长。每年要我老伴给她做一双寿鞋。街里有老太太过世,她就送去。老伴儿说,我不知做了多少双寿鞋了。

母亲后来跟我到了天津。八十四岁才去世。全凭从小劳动身体好。

有一年,我和弟弟一起长的麻疹,十八亩地里的一条独根,什么法儿都试了。烧香,许愿,认干娘,干娘要先后认九个,还要有个姓刘的,再给起个名叫刘根,就留住了,还要认个唠叨女人,一个娼妓从良的,认了她。

我一有病,母亲就在窗台上放一碗凉水,用手抓些草棍儿插水里,念念有词:"关老爷,马过来吃草。病好了,给您挂袍!"实际上就是一张黄纸,当作送他衣料。她也领我去巫婆家去下仙,香头(会首)神仙附体,和人对答。我母亲也知是假的,我问:"他声音怎么变成女的了?"母亲说:"把嘴捏上半拉,就细了。"但还是信。各种偏方都试过,羊肚里的羊羔,放在瓦片上焙干,让我吃。

母亲经过一些大事,从清末、军阀混战、闹日本,到土改,胆子很大,感情也很坚强。

我有个大儿子,十二岁,闹盲肠炎,日本人在时,没人给治,死了。我老伴很痛苦,母亲没掉一滴眼泪。一辈子没穿过好衣服,没吃过好东西。到天津来,我给她买了个皮袄。

我从小就是富农子弟的生活。和东家的子弟还是有区别。我不光爱惜书，生活上的东西我都爱惜。纸、铅笔头、破衣服，都要收好。

我上学去，被面用四块布凑成，穿布袜子。那时刚时兴球鞋，买一双，放箱子里，偶尔穿一次。

母亲很细。小时打场，土场，豆子压进地里，让我们抠出来。一粒粮食都不让丢掉。

母亲没文化，但知道念书的重要。

我二姨很会讲故事。我母亲去走娘家，她来看我，整讲一夜，一停我就哭。

母亲对我老伴，有话就说。有时说得很厉害，说过就完。特别是惜老怜贫，给我影响很大。

叔叔对我母亲很怕。从小管着。两个姑姑出嫁后，不久就死了。大姑留个姑娘（表姐），从小跟我母亲，帮着做不少事。

我后来越来越感到人生不是那么简单的了。

我的性格和体质有关系。从小体弱，"不好剑，就好书"，只有好书。不好接近人，恐怕也和这有关。没有那么大精神头儿，烦，因此孤僻，精力有限。

和弟弟同时闹病，我六七岁上，他四五岁上，出疹子。他死了，我活过来了。有一个大夫，专门骗人。治病先问："有珍珠吗?"那时候什么病都能死人。

母亲经常念叨,"老大活着和×××同岁,老二活着和×××同岁……"

母亲经过义和团、小阎王造反、军阀、日本、逃兵,天灾人祸经常闹。母亲说:"总是逃难。"

爷爷量米未量上,西头邻居给了几升米,母亲一直记着。有什么好东西,都送他。还有山西那个老头儿,"老西儿"。有该说的,就叫来说。有好处,记一辈子,还要叮嘱儿子记着。影响我,恩怨观念很重。

从小,父母看我没多大出息。连帮工的都说,"大爷学不了买卖。"特别是没考上邮政局,父亲失望了。当了小学教员,挣一个长工钱就行。常说,"(我挣的钱)别人花了我心疼,就他花我没办法!"对我不抱什么希望了。不搭调,干不出什么名堂。参加抗日后,跑来跑去,整天背个破书包。(父亲)对我老伴说:"振海害臊吗? 我都替他害臊。"

后来,冀中区印我的《文学写作课本》。我说,有稿费。可以买辆车。父亲说,那就到保定去买。结果给了一点钱,买不了车。

有人从外边回来,说看见我穿着补丁衣服,父亲都哭,一听说我是报社主笔,又高兴了。招待来人一顿饭。从小知道我作文不错,常听老师讲,国文不错。

父亲1946年去世。我刚从延安回来。从延安回来穿得也是破破烂烂的。回到家,父亲很不怎么样。山里不缺布。家中自己可以织,只有要饭的,才穿补丁衣服。

【整理后记】1979年秋,筹备《散文》月刊创刊,向孙犁约稿,先生以《乡里旧闻》为总题,写了一组忆旧散文,篇首摘录《书衣文录》中自题的两句诗"梦中每迷还乡路,愈知晚途念桑梓",刊发在《散文》1980年创刊号上。当年又连续刊发了两组。此后三四年里,先生在这个题目下,相继写了十九篇散文。由此,我对先生的童年家境产生了兴趣,想听他多聊聊这些旧年往事。那时,百花社在赤峰道,和先生的多伦道居所不远,我和一位同事李蒙英隔三岔五去孙府聊天,常是海阔天空,有一句没一句,不知所终。有目的的专题性答问,是不是显得生分了?我犹豫了很久。没想到冒昧提出后,先生答应得很痛快。时间就定在1983年9月9日上午。是个周六。为了谈得随意一些,没有采取问答形式。前一天,我在一张纸条上写下几个题目,交给先生参考。所谓题目,无非就是出生的年代和环境、村子、家庭,父子两代人的命运和追求,走上文学之路的契机,等等。那一天,先生的心情很好,谈得很开,两个多小时,除了点烟、喝水,几乎没有停断。感觉得到,叙述者也沉入自己的回忆之中。我不会速记,只能尽量快写。好在是聊天,语速不快,实在记不下的地方,我就做个记号,过后请先生重复一下。三十年后的今天,看到记录稿上的勾勾画画,还能记起先生的一颦一笑。整理稿完全实录当年所记,没有任何添加,免不了有些断续。先生在这次长谈前后,写过不少关于母亲、父亲以及童年的回忆文章。将文章和谈话对照来看,颇能读出一些意趣,对于文字的剪裁取舍,用笔的浓淡深浅,会大有益于后来者。

2003 年 3 月

《孙犁散文选》编后记

　　作为小说家的孙犁，早已为读者所熟知；作为散文家的孙犁，引起越来越广泛的注意，还是近年来的事情。

　　孙犁的散文写作和小说写作几乎同时，均始自于抗日战争年代，作者投身于民族解放斗争的行列之时。战斗年月，在作家面前的生活，"就像那时走在崎岖的山路上，随手可以拾到的碎小石块，随便向哪里一碰，都可以迸射出火花来"。于是，在征战的路上，孙犁写下了他最初的作品。它们是"有所见于山头，遂构思于涧底；笔录于行军休息之时，成稿于路旁大石之上；文思伴泉水而淙淙，主题拟高岩而挺立"。这样尽情纵意的写作，是不大会拘泥于形式的。这一时期，孙犁写下的散文和小说几乎无法分开。它们都激荡着一个热血青年，对于祖国和人民的真挚感情，它们都有着近似于诗歌和音乐那样的艺术魅力。读者陶醉在清新、醇厚的艺术气息中，只是感到这些作品同样具有一种独特的艺术风格，谁也不认为有必要把它们分开来品评。这就难怪，当书店将孙犁的作品汇集出版时，散文和小说总是被编在一起的，而评论家们也往往把孙犁的散文划到他的小说里，作为一个整体来研究、评价。

进城以后，情况发生了变化。作家离开了原来培养他的土壤，"如同从山地和旷野移到城市来的一些花树"。孙犁虽然力图熟悉新的环境，不断到工厂和郊区农村去，也写下了一些反映新生活的散文，但终究感到很不适应。他怀念往昔的烽火年华和乡土气息，怀念旧日的战友和乡亲。于是，他把自己的感情更深地寄托在那些战争年代萌生的、而在战争环境中无法实现的长篇小说创作中去。然而，无论作家怎样恬淡超脱，现实就在眼前。随着政治斗争形势的变化，孙犁越来越感到苦恼、困惑、无所适从。渐渐，"他的创作迟缓了，拘束了，严密了，慎重了"。在一篇怀念赵树理的文章中，对于这位和自己境遇相似的作家，孙犁表示了深切的理解和惋惜，那些关于赵树理进城以后心情的刻画，可以说是孙犁感同身受的自白。

一场大病，使孙犁几乎搁笔十年。养病，倒是个从容思考的好机会。从仅有的两篇《病期琐事》中，我们可以追溯到孙犁在病中学习和思考的踪迹。引人感奋的激情淡泊了，沉淀了，发人深思的哲理气息浓厚了。对于现实生活的思考，对于以往经历的回味和古代先哲们留下的智慧结晶，在作家头脑中熔铸着新的境界，酝酿着散文创作方面的突破。这应该是一个新的开端。

人人都无法回避的大动乱，使孙犁的第二个创作盛期，又推迟了十年。这是怎样的十年啊！风雨十年，生死十年，幼稚的成熟了，模糊的清晰了。严酷的生活迫使作家放下了手中的笔，却磨砺了他心中的笔。当雨过天晴，人民重新获得了追求美的权利，孙犁的作品也重新显示了它的价值。一时间评者丛集，读者踊跃，"耕堂"路上，来访者不绝。劫后余生的作家格外

《孙犁散文选》，人民文学出版社1984年1月出版

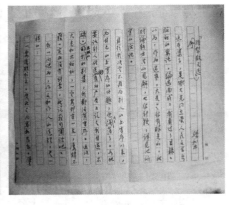

孙犁手稿：《孙犁散文选·序》

珍惜自己的晚年。他"宁可闭门谢客,面壁南窗,展吐余丝,织补过往",默默地笔耕着,把一部又一部散文新作奉献给读者。

他写战友。"我用自己的诚实的感情和想法,来纪念他们。""他们的心,对我来说,都是敞开的大门,清澈的潭水。我是可以随便走进去,也轻易就可以看清楚的。"

他写童年。"对于我,如果说也有幸福的年代,那就是在农村度过的童年岁月。"

他写战争年代的回忆。"我非常怀念经历过的那一个时代,生活过的那些村庄,作为伙伴的那些战友和人民。我非常怀念那时走过的路,踏过的石块,越过的小溪。记得那些风雪、泥泞、饥寒、惊扰和胜利的欢乐,同志们兄弟一般的感情"。

他的感情深沉了,像陈年的村醪,香气醇厚悠远。他的文字苍劲了,像经冬的松枝,古朴中透出青翠的色调。他近年的文字尤以真挚坦诚、情理交融而动人。千字短章,诚心可鉴,往往因情见志,理中寓情,饱含着一个历经沧桑的老人对于生活的挚爱,"寄托着一种为了祖国,为了未来,为了青年一代的希望"。

我与孙犁的相识,应该说,也得力于散文的媒介。这本选集中后半部的有些篇章,我曾有幸作为最初的读者,领略过那清泉般的文字带给我的畅快通透的心情。当老人轻轻从抽屉中拿出刚刚写好的手稿,那如孩子般略带兴奋,而又有些拘谨的神态,我是难以忘怀的。

　　这次编辑选集,使我有机会通读了孙犁发表过的全部散文作品。这些文字连贯起来,就是作者本人生活经历和人格的再现。因此,在编排中,我有意打乱写作时间的顺序,把涉及作者本人生活和环境的篇章,按照所反映的年代排列下来,使读者能有一个更为清晰、完整的印象。

　　孙犁的散文品类很多,杂文、速写、小品、短评、回忆、序跋,都有佳作。编选时,力图兼顾各类,以概观全貌;也想借此显示散文的多样,给那种认为散文只有抒情一类的论点,提供一个反证。

　　我以为,作为文学艺术的一部分,不仅创作需要有个性,编辑工作也应当富有个性,才有利于"百花齐放"。由于孙犁的鼓励和理解,这本散文选集,得以按照我个人对于孙犁作品的理解,来选择和编排,使我关于编辑方法的设想,有了一次实践的机会。

　　在社会向前发展,人与人之间的关系不断变化的环境中,能够了解别人,或是让人家了解自己,总是一件很愉快的事情。我希望这本书的读者,能和我同享这愉快。

1983年4月

《耕堂序跋》编后记

为孙犁编一本序跋集的想法,起自孙犁声明不再为别人作序之时。这个声明见于作为本书代序的《序的教训》一文,至今已有五年了。

五年前,最初看到这篇文章,很有些为之遗憾。孙犁的序跋,作为他的散文的一个组成部分,已经为读者所熟悉。记得"文革"后,孙犁在文坛复出,以散文独树一帜,声名日盛,随之求序的人,不绝于耕堂路上。我和周围的一些同志,对孙犁的序文有着特殊的兴趣,每出一篇,总要传阅一番,看到佳处,不禁拍案感叹一声:"这老头……"后面省略的话,用天津方言来说,大约就是"简直没治了"。因为最初请孙犁作序的人,多为我们所熟悉,孙犁知人知文,精辟透彻,在序文中往往一语传神，入木三分，点出我们平日有所感却道不出的话，令人不得不惊服。今年春天，一家大学编文科教材，专门来信让我推荐一篇孙犁的序跋，选作范文赏析。可见孙犁序文的影响，早已超出熟人朋友的范围了。这位编者应该说是很有眼力的。

序跋之体，古已有之，其中精品，后来常可脱离所序之作，单独传世。这虽然多半由于序文中所包含的见解，有独立存在的价值，却并非是作序人最初的目的。好的序跋，首先应该是老老实实的，真心诚意的。孙犁说："我现在年老力衰，很愿意为故交们做些引导、打杂、清扫道路的工作，使热心的游览者，得以顺利地畅快地进入他们精心创造的园林之中。"这是孙犁为人作序的本意。他是这样说的，也是这样做的。

孙犁平生最怕给别人增添麻烦，其实，也是怕为别人所麻烦。孙犁又是最重感情的，别人的好处，总是常系在心。虽然说君子之交淡如水，朋友之道还是要有来有往。孙犁认为自己体弱多病，及至晚年，更无法为朋友做些什么；记示情谊，只有文字一途，因此，凡有求序者大都热诚应允。他说："古人对于为别人写序，是看得很重的，是非常负责的。"孙犁看重的，首先是朋友的情分。对于求序者各自的心理，他是很清楚的，执笔写序时都一律出以一个"诚"字,倾注了很大的心血。他的这些序文和那些怀念亲友的文章一样,虽然是写给具体对象的,却以真诚的情感,温暖着更多读者的心。作为一个读者,除了共同的感受,我还曾暗暗怀着一个非分的祈望:当我的第一本书问世的时候,也能由孙犁作一篇序就好了。不料,没有等到我的文章结集,孙犁已记取"序的教训"声明不再为别人作序。我的这个愿望,只好和深深的遗憾一起埋进心底。

这种遗憾的心情,一直保存到今天。在编辑本书的过程中,我完整地阅读了孙犁为别人和为自己写作的序跋。作为一个过程的结束,我突然为这位平素寡断的老人所采取的断然措施感到庆幸了。友朋交往,求序索字,历来被当作雅事,传为美谈。然而。善始者未必善终。舞台上演戏,剧情发展到高潮就要落幕收场。"天下没有不散的筵席"也是尽人皆知的道理。偏是在实际生活中,少有急流勇退之士。为人作序,如同交友,两相情愿,才有真趣,稍存勉强,便失原

《耕堂序跋》,1988年9月湖南
人民出版社出版

意。孙犁的为人,又是极认真,既看重朋友的情谊,更看重自己的文品。照前几年的情况发展,求序者日渐其多,终将无法一一满足,孰拒孰许,徒增烦恼,如有违心之遇,势必陷入两难,免不了生出一些不愉快的事情。孙犁在一封谈散文的信中曾说:"中国散文的主要点,是避虚就实,情理兼备。"谈到自己为别人作的序时,却说,"我所作序多为避实就虚"。一实一虚,已见隐衷。如此苦心,并不被朋友所理解,难怪老人要愤而发出"求序者不应把作序者视为乐佣"的呼吁。

就在写出《序的教训》半月之后,孙犁在为自己的《尺泽集》写后记时,又借尺泽的形象,剖明心迹:"它的存在,年深日远,它确实有些疲倦了。它不愿再与任何事物,作使自己也使别人无聊的纠缠。"直到这一年的年终,当我受人民文学出版社的委托,编辑《孙犁散文选》,请老人作序时,他的情绪仍未恢复。他在这篇"屡辞不获"的序中写道:"自从我决定不再为别人的书写序以来,为自己的书写序的兴趣,也大大淡薄了。"此刻,当我坐在冬夜的灯光下,读着老人的这些话,又翻出《孙犁文集·自序》,回味着老人最初写序时的心情:"当我为别人的书写序时,我的感情是专一的,话也很快涌到笔端上来。这次为自己的书写序,却感到有些迷惘、惆怅。彷徨回顾,不知所云。"我的眼前有些模糊了,一股悲凉的情绪袭上心头。

本书编成,原想请孙犁专写一序,置于卷首,将《序的教训》一文作为代跋,以展示一个完整的过程,为此我极力鼓动孙犁,提出:"您只要把这些序跋从头到尾看一遍,肯定会有话要说的。"孙犁开始答应考虑一下,后来又说:"没有什么情绪,还是不写了吧。你有什么想法,就放开去写。"我没有推辞。我确实有话要说。

本书收编现存全部耕堂序跋,凡七十二篇,分为两辑,一辑为自己作品所写,一辑为他人作品所写,两辑分别以写作时间为序,其中属于不同时期为同一作品所写序跋,则排在一起,自成顺序,以利连贯比较;文集自序作为孙犁创作生涯的自我总结,置于卷首。这些序跋的写作时间,上起抗日战争时期的1941年,下至本书编就的1987年,前后四十七年,其间产量并不均衡。战争年代,孙犁的著作不算少,汇集出版时,却少有序跋之类文字。这多半由于战争环境的紧张艰苦,作者无暇顾及,加之烽火遍地,交通阻隔,常出现书已在外地出版,作者自己还不知道的情形。那一时期,孙犁是以一个战士的身份,投身于民族解放事业;教书、办报、编刊物,在这支充满朝气的队伍里,他始终有着自己的位置。闲暇时,牵挂起远在家乡的亲人。他的感情世界有着多方面的寄托。写作、出书,在他的心目中还没有占据日后那样重要的位置。新中国成立以后,生活平静下来,遇有旧作重新出版,孙犁多补记一笔,也只是关于版本、年代的简要说明。50年代后期的一场大病,是孙犁生活的一大转折。大病之后,如梦初醒,身边的现实仿佛离得远了,逝去的往日反而靠得近了。这一时期,孙犁的身心还未恢复,作品极少,怀旧情绪浓郁的序跋却明显增多。不仅新编的集子都有较充实的后记,就是偶尔看到经人抄来的旧作,也会引出深长的思念,遂有所记。这些回忆,包含着人类至善至美的情感,营养着孙犁的精神,使他在对写作几乎绝望的日子里,更贴近了文学。耕堂序跋的写作盛期,还是1978年以后。这也是孙犁文字生涯中最富成果的时期。经过"文革",能够失去的都失去了,文学成为孙犁生活的唯一寄托。作为一个作家,他的全部生命和他笔下的作品已经血肉交融,浑然一体;他的个性和人生体验,得以渗透到他的每一行文字之中,正像太阳之于每一滴水。这时,只有在这时,一个新的境界出现了。也只有在这时,序跋文字才可能超越它的本来意义,成为他的作品的重要组成部分,而且是一个特殊的部分。"序者,引也",读过这些序跋,我的眼前出现的,正是一个向导的背影。

我想,和我一样热爱孙犁作品的朋友,和我一样曾经为孙犁不再写序感到遗憾的文学青年,读过本书,会同意我的这一看法:留在这里的耕堂序跋,不论是作者为自己写的,还是为别的什么人写的,它们的整体,正是孙犁写给我们的一篇序文,一篇关于文学与人生的大序。

1987年12月21日记

《孙犁集》编者序

现代作家中，完全以作品，而并非作品之外的其他因素传世，并不多见。这样的作家，称得上纯粹的文学家。孙犁是一位。

孙犁的一生，可以说是为文学的一生。以至于在他的晚年，当看到刚出版的《孙犁文集》八卷珍藏本时，会发出这样的感慨："那不是一部书，而是我的骨灰盒。我所有的，我的一生，都在这个不大的盒子里。"

赖工作之便，编者有幸在相当长的一段时日，得以亲聆先生的教诲，历经耕堂劫后十种，和孙犁文集珍藏本的相继问世，见证了先生守正为心、言信文诚的高风亮节。"人之一生，行为主，文为次，言不由衷，其文必伪；言行不一，其人必伪。

《孙犁集》，2009年1月
花城出版社出版

文章著作，都要经过历史的判定与淘汰。"时间证明，先生的文字，是经得住检验的。

此次应花城出版社约，编选大家小集丛书《孙犁集》，有机会重沐旧时之温，先生的文字诚笃而通透，具常读常新的魅力。其中"耕堂读书记""芸斋小说""耕堂书衣文录"等，继往布新，多有创意，惜至今未见切当的评价。相信假以时日，其价值必随时移而彰显。

本书精选作者各时期代表作品，依写作年代，兼顾体裁，分为六辑：白洋淀纪事、铁木前传（存目）、从晚华到曲终、芸斋小说、耕堂读书记、耕堂杂录。

原作每篇文末，作者均记有写作年月，本编各篇题注，仅标明初刊出处，及首次编入的集名。读书记和书衣文录部分，涉及典籍人物较多，择其要者酌加简注，置于篇末。各辑前，编者略加数语，或引作者自述，意在点明其在孙犁文学生涯中的位置，以收分中有合、连缀全书之效。不当之处，请读者见谅。

2008年8月24日

《百年孙犁》编选后记

　　时间过得真快。去年，孙犁先生逝世十周年。今年，又是先生的百年诞辰。这十年间，我走过大半个中国，几乎每到一地，都能遇到热爱孙犁作品的读者，哪怕彼此素昧平生，只要一谈起先生，就有了说不完的共同语言，好像久别重逢的老朋友。在新疆，伊犁的一位年轻人告诉我，他们那里一些文友，常自发地聚在一起，交流阅读孙犁著作的心得，参与者越来越多。在北京一次全然陌生的聚会上，一位来自深圳的作者走过来试探地问我，你是在《天津日报》工作吧？见我面露疑惑，他转而肯定地说，"我知道你和孙犁熟。我是很敬佩孙犁先生的。"我们的手当即紧握在一起，毫无拘束地聊了起来。通过这些青年朋友，我第一次知道，在网络上活跃着为数不少的孙犁发烧友,他们有自己的网站和聊天室,定期更新、交流,俨然聚成一个"犁友"族群。许多关于先生的文章和图片,经过他们的搜集、整理、传播,无远弗届。由此,我结识了更多同道。正是在他们的启发下,才萌生了先生百年诞辰之际,编辑一本纪念文集的想法。这个想法,得到我曾经供职三十多年的百花文艺出版社的支持。百花社自建社初始,即致力于孙犁著作的编辑出版,延续至今,已历经三代人。我也得益于此,有机会亲炙于耕堂。至今,每当拿起先生的书,每当和相熟的友人忆起先生,心里颇不平静。

《百年孙犁》,2013年5月百花文艺出版社出版

毫无疑问,先生是当代文学中一个独特的存在。先生生前身后,固然有各种名号加诸其身,先生依然只是自己。先生的独特,不在于狷介,不在于浪漫,而在于平实,在于真气逼人。先生反复谈到"真",从做人到作文,在最后的《曲终集》中,先生坦承:"大家都希望作家说真话,其实也很难。""我以为真话,也应该是根据真理说话。真理就是公理,也可说是天理。有了公理,说真话就容易了。"先生的文字,都是从自己的切身体验中生发,就像老农躬耕于田间,汗水落地,庄稼长出。大真大美,归于自然。越是普通的读者,越是感到亲切,越能体味出先生文字的真味,成为先生的知音。这就是大道低回。

缅怀先生,最好的方式,莫过于细读先生的作品。"对于像这样一个真诚的作家,我们只要认真地阅读他的作品,便可以全面地了解他了。"先生的作品值得反复细读,也经得起反复细读。这些平实的文字,好像藏有无量的层次,时间的磨洗,只能透露出内存的丰赡和隐秘,益增其魅力。热爱文学的人,热爱生活的人,热爱真知的人,都能从中得其所好。先生在阐述现实主义文学时,曾论及文学的预见性,他说:"现实主义的最大功能,是能在深刻广阔地反映社会现实之外,常常透露一种明智的政治预见。"时代变幻,世事更新,先生作品,当随新一代读者流布,成为这论断的又一实证。先生不死!

本书所选,大体分为两类,一是亲属、战友、同事、后学关于先生的回忆,一是专家、读者阅读先生作品的感受。选文不论作者,只求莫悖了先生的精神。遗憾的是,网络上的一些好文章,因作者无法联系,只能割爱。先生的女儿孙晓玲女士多方搜集资料,天津日报社宋曙光先生协助联系作者、斟酌选目,冉淮舟先生为此书撰写专稿,这是格外应该感谢的。

2013 年 3 月 28 日

《孙犁文集》(补订版)出版说明

1981年9月,本社首度编定《孙犁文集》,收入著作包括小说、诗歌、散文、文艺理论、杂著以及部分书信,按部类分卷,共列七卷,分为五册,1982年3月印行。1991年9月第二次编辑,根据作者本人的意见,保留首版七卷原貌,列为前编,又整合新著,补入当时发现的旧作,循原例另成续编三集,前后两编合为八册,于1992年8月印行,是为"珍藏本"。

此次《孙犁文集》(补订版)的编辑工作,是在"珍藏本"的基础上进行的。内容增收了《曲终集》和当年未能收入文集的旧著,并将近年搜集到的书信全部收入,共计九卷,分为十册,第一卷短篇小说,第二卷中篇小说,第三卷长篇小说,第四卷散文,第五卷诗歌,第六卷戏曲,第七卷文艺理论,第八卷杂

《孙犁文集》(补订版),百花
文艺出版社2013年4月出版

纪念文学大师孙犁诞辰一百
周年大会(2013年5月·北京
现代文学馆)

著,第九卷书信;编目上打通前版两编,统一按类分卷,以卷编年。每篇文章的排列,以作者在文尾所署时间或发表先后为序,其时间不明者,则推定大体的写作时期,酌为编入。每类中的次序,根据情况,间有变通。如文艺理论卷中的《读作品记》六篇,非一时之作,今则顺序排列,中间不置他文;杂著卷中的《书衣文录》,作者最初选择分批刊发,用心良苦,现保留原貌,以存初衷。书信部分以致收信人第一封信的日期先后为序。若干书信,报刊发表或有删节,此次编入均照手稿复原。

为了供读者和研究者参考,集末附录了冉淮舟所编《孙犁著作年表》《孙犁作品单行、结集、版本沿革年表》,和张金池所编《孙犁著作年表续编》《孙犁作品单

行、结集、版本沿革年表续编》《孙犁作品单行、结集、版本沿革
年表续编补》。

　　孙犁著作的编辑出版，从单行本到文集，是我社建社初始
延续至今的一项事业，前后历经五十余年。忆昔《孙犁文集》
初编、续编时，作者与编者互动共商，欣然定稿；览书之日，感
怀至深，特题记永志，留一段佳话。今《孙犁文集》(补订版)编
讫，作者一生文字，队列完整，各归部类，当慰所愿。其间点点
滴滴，凝结着作者与我社三代编辑的心血，也得益于热爱孙犁
著作的专家学者、各界读者的悉心钩沉，辑录校订。我们在表
达谢意之际，亦期待有所教正。

2013年3月

　　★本文为职务写作，刊发于2013年4月出版的《孙犁文集》
(补订版)，署名百花文艺出版社。

与孙犁先生编书

　　早想写篇文章,记一点参与编辑孙犁著作的往事,题目总是弄不好,名不正,则言不顺,搁下了。其实,事情摆在那里,明镜似的,拟个题目不难,"为孙犁先生编书",直接明了,最初就是这样想的,刚写下这个"为"字,犹豫了。所谓编书,多是作者投稿,经审读通过,列入计划;或是名家,由出版社约稿,签了合同,作为编辑,我当成任务去做,没有认真想过到底为谁,为作家,为读者,抑或为出版社?似乎都说得过去。书出来,拿在手里,自己高兴,作者千恩万谢,或是人走茶凉,同样心安理得。孙犁的书,不是这样。

　　1978年,"文革"中被摘掉牌子的百花社,酝酿着复社,遭遭送阖家落户农村的老编辑,落实政策陆续返城。李克明刚一回来,就要去看孙犁,他们是冀中战友,"文革"前,孙犁在百花出的书,大多与克明有关。或许是都吃过部队的大锅饭,老李和我能说到一起,一天,他悄悄对我和李蒙英说:"走。咱们去看孙犁。"原来孙犁住处离我们很近,骑自行车横穿几条马路,只消十分钟就是多伦道,天津日报宿舍,好大一所西式宅院,据说早年是某政府要员的公馆,如今被临建棚东倒西歪的残骸割据,昔日花园洋房的姿容连点儿影儿都没留下。孙犁的居所朝南偏西,凭露台与另一户人家相连,上台阶进屋,高高大大的一间房,被一长排书柜隔成两爿,外间一桌一几,四张椅子,隔着书柜看得见里间支起的旧蚊帐,尽里面隐约套着一间小小的披厦,仍然是书。居室陈设简单爽洁,窗明几净,书桌上刚翻过的书夹着纸条;身材瘦高的主人,言谈举止安然静慢,和居室气息十分协调,院子里的散乱喧闹仿佛被一道无形屏障隔开。坐下来,就不想走,这里的气息一下子把我迷住了。告别时,孙犁说,慢慢走啊,有空来坐。也许是一句客套话,被我们当成理由,去多伦道聊天渐渐成了习惯。开始还拘束,我很少说话,茶几玻璃板下压着一张字条,"谈话请不要超过十分钟",听李蒙英和先生扯闲篇,或长或短,每次都尽兴而归,知道先生其实也喜欢。春节时原本礼节性看望,孙犁没有应景的话,向我们抱怨着来人多,想清静一会儿不容易,转过头又说,今年过节并不觉得太累,接待人多了,有经验了,学滑了,来人我想法让他们自己说话,或拿出作品来请他们看,这样我就省力了。说完扬起头哈哈大笑。我曾专门写过孙犁的笑,清亮亮的,毫无顾忌地畅快,像孩子一样,有时笑得止不住,挂出了泪水。这样的笑声总是令我忘乎所以,忘记了自己是谁,来这里做什么。有一次,应该是1978年秋天,照例和李蒙英同去,孙犁从抽屉里拿出刚写成的短文,好像是关于《山地回忆》的回忆,照例是李蒙英看过后让我看,只听得李蒙英这一次没有开玩笑,很郑重地说,孙犁同志,您的新作够出本集子了,给百花吧,我来当责编。我这才记起自己的身份,忙跟着敲边鼓。这本集子,就是日后被称为"耕堂随笔十种"的第一部《晚华集》。

我们都没有意识到,这一刻值得记住。经过十年荒于疾病,十年废于遭逢,重新拿起笔来的孙犁,已经回不到"荷花淀"了。仅仅两年,作家尝试着以回忆暖笔,怀人记事,仍是白描,却于细微处露出不流时俗的执拗。作者说:"我从来不能用言不由衷的形式写作,所以只能写成这样,以便抒发一下自己的胸臆。""我所写的,只是战友留给我的简单印象。我用自己的诚实的感情和想法,来纪念他们。我谈到他们一些优点,也提到他们的一些缺点,我觉得,不管生前死后,朋友同志之间,都应该如此。"人生艰险,时有伪善,如此简单的诚实,往往得不到理解,甚至遭到曲解,需要写作者有勇气砥砺坚持,以致执拗,哪怕藏在温敛的文字里面。读一读《删去的文字》,以及同一时期书信日记,可以看到孙犁为坚持自己,遭遇到怎样艰难的处境。既然心里想明白了,可以虚与迂回,可以拒绝发表,然而决不妥协,"只能写成这样",《晚华集》展现的正是这样一种决绝,由此,孙犁的文学之路,经由执拗,走向老辣、通透,开创了晚年耕堂的独特文风。

在那一刻,李蒙英和孙犁想到了一起。著作结集出版,在孙犁心目中是十分郑重的事,近年发表的作品,反复掂量了几遍,目次是清晰的,甚至后记都写好了,只是出于对这些文字的珍惜,或许还有那么一点不自信,毕竟给报刊发表并不顺利,有的迫不得已几经删改,反响也大相径庭,孙犁一度认为新作不如旧作,心里还在犹豫,"生怕不能为现在的读者和编者所理解"。李蒙英的一番话,触到孙犁心事,为《晚华集》问世催了生,这就是编辑的慧眼。李蒙英这位大姐,上海人,南开大学中文系"文革"前高才生,古文修养好,长得文文静静,说起话来大大咧咧,没个把门儿的,我们都唤她李蒙,此"蒙"更似"猛",我常用上海话笑她,"侬哪里像个上海人?"她立即还以地道的津腔,"还不是让你们天津卫带坏了。"作为《晚华

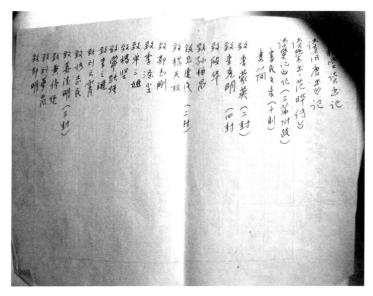

孙犁手书

集》责任编辑，李蒙英可谓实至名归，她最早读出了孙犁的真诚和执拗，发自内心激赏，我们常在读孙之后一起击节兴叹。李蒙英读过《晚华集》书稿，写了一封长信给孙犁，复信中，孙犁用了"热情奖掖""非常感动""深刻理解"这样的词语，在耕堂书信中十分罕见。孙犁写道："我不要求很快出书，只是希望能把校对工作做好，使它在出书后，没有过多文字上的差错。近年来，我对编辑和校对工作，非常不放心。这可能是我的过虑。读了你的信，我知道你在各方面的修养都是很好的。

以上所说,确是我的过虑了。"老实话说,做孙犁著作的责编并不容易,得到孙犁这样的评价更不容易。谁不知道孙犁对文字的苛刻,我自认达不到要求,还不敢奢望,只是反复读先生的作品,对于前辈同行的幸运,存着一份羡慕。很快,"百花"复社,筹备创办《散文》月刊,我参与这项工作,终于有机会向孙犁约稿。孙犁特地将新开篇的一组"乡里旧闻"交给我,发在创刊号。散发着油墨香的刊物递给先生时,也许让他想起了在报社编发"文艺周刊"的日子,两人都很兴奋,我乘兴说,每期给我们写一组吧,"乡里旧闻"就是个专栏的名字嘛。孙犁连说好,好。我的心里其实还在想着编书,"乡里旧闻"积累多了,不就是一本书吗。

没想到,编书的愿望竟应在了人民文学出版社。1982年10月间,季涤尘打电话来,他们社计划明年为孙犁出一本散文选,委托我协助编选,我一时高兴,答应下来,兴冲冲跑去告诉先生,碰到的反应不冷不热。早些年读过《远的怀念》,孙犁怀念诗人远千里的散文,里面一句话印象很深:"远也很爱惜自己的羽毛,但他终于被林彪、'四人帮'迫害致死。"知道先生惜墨如金,几次想当面问,为什么这里加了一个"也"字?后来熟了就不必问了。爱惜羽毛对于作家,无过于珍惜自己的文字。孙犁从不热衷于炒作自己的作品,对于出版社委托他人代选出版的别集,认为是"炒冷饭",毫无兴趣。老季约我编书时,耕堂新著已陆续出了《晚华》《秀露》《澹定》三集,《尺泽集》刚刚付排。此前四川一家出版社,请孙犁一位老友编选耕堂散文,选目与出书都不尽如人意,弄得孙犁别扭了很长时间,给韩映山写信一再叫苦:"我是不愿弄这些事,可又停不下来。"这些内情我后来才知。老季和孙犁早有联系,为什么不肯直接约稿,而是转托于我? 面对我的热情,先生没有多说什么,只是淡淡一句:"他们让你弄,你就弄吧。"好在我对孙犁的散文熟悉,完整重读一遍,有了两点想法:孙犁散文多系"合为时而作",却能尽情纵意,不大拘泥形式,小说、散文互通,各类杂著互通,有个共同的"魂";孙犁散文不论命题大小,都带有很强的自传性,散漫中自成系统。"文革"前,中国青年出版社出版的《白洋淀纪事》,为孙犁著作中影响较大者,由康濯编选,按写作年月由近及远倒排目次,作者在病中未参与编事,后来读到并不以为然。这次编散文选,我想打破常规,不以写作时间为序,凡是叙事性文字,依照作品所反映的年代排列,呈现"史"的脉络,再辅以杂品各类代表作,有纵有横,著者的经历、风格,一翻目录便大致了然。静静听完我的思路,孙犁动了些情绪,"按你的想法,放开手编吧。遇到问题,再来找我。"并把刚打出的《尺泽集》清样交给我。

编孙犁的书,只要他打心里赞同,会不动声色地帮你。初选目录几乎没有任何异议,通过了。我说,"孙犁同志,出版社希望您写一篇序言。"孙犁说,"你来写吧。把你的编辑思路写出来,就是序。""那可不成。人家是要你写的序。我写算什么。"孙犁见我真急了,笑了笑,"容我想想。"过了两天,再去多伦道,没待我开口,先生从抽屉里拿出几页稿纸,"你看看,这样写行不行?"开头一段写着:"这本集子,是谢大光同志受人民文学出版社的委托,编选而成。我看过了目录。以为:作为选家,大光是很有眼光的,他对编辑方法的见解,也很新颖,详见他所写的后记。"孙犁见我一脸惊喜,轻松地说,"你给的任务我完成了。你也要写个后记。"先生用心良苦,短序已留下伏笔,不容我再怯阵,心里话,有了这篇序,叫我做什么,都乐于从命。编书我是新手,未经科班训练,一些粗浅想法只和先生聊过,《孙犁散文选》给了我一个新兵上阵的机会,借这篇"编后记",我把自己的观点亮了出来:"作为文学艺术的一部分,不仅创作需要有个性,编辑工作也应当富有个性,才有利于百花齐放。"是孙犁壮了我的胆。没过几天,收到先生明信片,上写:"大光同志:你编选我的散文集,所选篇目,请截止在《尺泽集》。散见而尚未结集过的文章,请不要收入。请知照。"先生怕我得了他的赞许,编书孟浪起来,违反他一向坚持的原则。先生之严谨,令我更慎。

人文社拥有全国知名美术编辑,出于对《孙犁散文选》的重视,特聘百花社熟悉孙犁风格的陈新为该书装帧设计,封面一片湖蓝底色上,涟漪拥浮着粉、白两朵勾线荷花;扉页、插页简洁大方,显见动过心思。书出来,孙犁喜欢,拿在手里欣赏了好一会子。我心里一块石头落地,第一次编先生的书,总算及格。

那些年,湖南人民出版社异军突起,几套丛书编得有声有色,其中"骆驼丛书",专做老一代文人杂著中的冷题目,眼光独到,我喜欢,惦记给孙犁弄一本,想到了序跋。序跋是孙犁用心经营的文体,也是他的伤心之地。1978年1月,韩映山请孙犁为新著《紫苇集》作序,先生复信说:"我没有想到会给人写序,但你的作品,我是可以自不量力地试一试,就是恐怕写不好或文不对题。"这是第一次为他人作序,孙犁郑重其事地引征杜牧为李长吉诗集写的序言,"古人对于为别人写序,是看得很重的,是非常负责的",又说,好的序跋,应该"写得极有情致,极有分寸"。《"紫苇集"小引》写成,适逢《光明日报》约稿,顺手寄去了。这篇文字本不适合报纸刊发,很快被退回,敏感的孙犁大为懊丧,以为"其中有些话,可能说得不对",他把这件"冒失事"告诉映山,"打消了这个想法吧,我过去也不喜欢找人写序,没有什么好处的。现在,把我写的序寄给你,你保存做个纪念吧。请通知出版社,不要等我的序了。"映山珍重孙犁的文字,推荐给《河北文艺》发表,并坚持用在《紫苇集》卷首,这以后,方纪、曼晴、克明、张志民、田流、王昌定、柳溪、阿凤,一班老朋友出书,纷纷请孙犁作序。先生素来重旧情,自己体弱多病,无法为朋友做些什么,能够尽力的,只有文字,便不推辞。"我现在年老力衰,很愿意为故交们做些引导、打杂、清扫道路的工作,使热心的游览者,得以顺利地畅快地进入他们精心创造的园林之中。"

1982年春,一位多年未通音讯的老战友,从安徽寄来诗稿求序,先生一如既往,热情执笔,以文酬友,写成后即被一刊物拿去,不料诗人外出云游两个月,见到序文,很不满意,拍来加急电报:"万勿发表。"随后又来信表示,此序如发表,将置他于"难堪的境地",并不顾孙犁驰函释慰,再次发来加急电报:一定把序文撤下,以免影响诗集出版。此事如一盆冷水浇头,令先生热情全消,"回想过去写了那么多序,别人也可能有意见,不过海量宽些,隐忍未发罢了",反思之下,悔痛交加,遂写出《序的教训》,声明"从今而后,不再为别人作序。别人也不要再以此事相求"。读了这篇带有告别性质的"教训",我颇感遗憾,信手翻出《孙犁文集》,先生在"文集自序"中坦陈:"当我为别人的书写序时,我的感情是专一的,话也很快涌到笔端上来。这次为自己的书写序,却感到有些迷惘、惆怅。彷徨四顾,不知所云。"一股悲凉的情绪让我无以言说。知道先生决心已下,我想也罢,是时候为耕堂序跋做个小结了,拿着"骆驼丛书"征询先生意见,这一次答应得痛快。湖南社主持其事的朱正先生,早些年在北京参加《鲁迅全集》注释,见过一面,写信过去,很快回复:求之不得。并说兄是编辑,稿子由兄全权处理,我们的版式要求你都知道,稿子编好,烦兄顺手标上页码字号,我们直接下厂发排就是。

耕堂序跋都很短,几百字一篇,最多千把字,拢在一起字数不够。那几年,生活平静下来,战争年代失散的旧著,不断被发掘出来,《鲁迅·鲁迅的故事》(1941年)、《文艺学习》(油印本,1942年)、《写作入门》(1947年)……当年出书艰难,著者格外珍惜,书尾都留有详细的后记,孙犁念旧,旧著久别重逢,重读时很动感情,如旅人思乡,朝花夕拾,先生称之为"青春遗响",每次都要留下感念文字,作为"附记""小引",既是说明,又挟怀恋,将人生的不同阶段勾连起来,多有弦外之音,拓展了序跋文字的表现空间。补充进这些文字,我仍觉单薄,孙犁见我不满足,拿着我初拟的目录,想了想说,还有一些文章,不是当作序写的,别人出书拿去做了代序,可不可以放进去?

说着拿出了《读作品记（四）》，这一篇专门为宗璞所写，宗璞很喜欢，编《宗璞小说散文选》，放在卷首。说起来，这篇文字和我有些牵连。孙犁不喜待客，是出了名的，宗璞早想拜访孙犁，又怕冒昧，吃闭门羹，先打电话和我商量，我说，你不要听那些传言，孙犁知道你，肯定愿意接待你。那天宗璞专程到天津，我陪她走进耕堂，开始主客还有些拘谨，没聊上几句就放开了，都是聪慧的人，话题不用刻意迎合，从普希金、安徒生到库普林，从经典作品到自己的近作，对文学语言的探索追求，成了俩人共通的话题。我轻轻松松做了一回听众。事后，孙犁写下《读作品记（四）》，对宗璞小说《鲁鲁》大为赞赏，甚至感叹："这样美的文字，对我来说，真是恨相见之晚了。"

类似的代序文字，还有为赵大年写的《我喜爱的一篇散文》，为卫建民、张秋实写的《散文的虚与实》，以及《致广州万振环》等。加上这些，一本十万字的书大致成型了。我把编好的书稿交给孙犁，心里还存着一份奢望，若是先生能写一篇自序，将《序的教训》作为代跋，耕堂序跋的始末过程就完整了，该多好。我说："孙犁同志，这部书就差您一篇序了。您只要把这些序跋从头到尾看一遍，肯定有话要说的。"开始，先生答应考虑一下，后来又说："没有什么情绪，还是不写了吧。你有什么想法，放开去写。"我确实有话要说。我见证过其中若干文字的写作过程,有幸成为第一读者,我把体会凝结成这样一句话:"留在这里的耕堂序跋,不论是作者为自己写的,还是为别的什么人写的,它们的整体,正是孙犁写给我们的一篇序文,一篇关于文学与人生的大序。"

《耕堂序跋》1988年9月出版。责任编辑破例署了朱正和我两个人的名字,能和朱正先生并列,我感到荣幸。这该是"骆驼丛书"出的最后一批书。

孙犁素来爱惜羽毛,上了年纪,体弱多病,又没有其他嗜

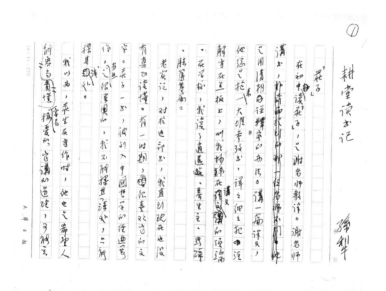

孙犁手稿:《耕堂读书记·庄子》

好,对于作品发表、结集出书,格外重视,格外敏感,稍有不顺,甚或悲观,写文章时尚含蓄,与友人通信就表白得直接:"因稿件刊登太慢,亦系作品不受欢迎,我今年写作较少。《远道集》拖了一年多,才出样书,明年的一本名《老荒集》,已交上海出版。这恐怕是最后一本了。近于结业。"(1984年8月31日致韩映山)"去年一年,我写的东西也少了。原因是老是感到疲乏无力,发表一些短文章,要经过很长时间,写作的兴趣就大大降低了。"(1985年1月5日致李屏锦)那一年腊月二十九我去看望先生,没有一点过年的情绪,聊天都感觉出沉重,"老了。什么都想维持现状。不想搬家,不想来客人,不想过年。变化就可能带来事情,打乱正常生活。"又说,"写东西打不起精神,对报刊的态度很敏感,稍有厌倦表示,立即停止寄稿。"先生说的都是实情。出版业在转型,图书市场跟着风转,孙犁写书从不跟风,更不炒作自己,哪能畅销。原本计划每年出一本的耕堂随笔,渐渐拖成了两年。开始,先生以为百花社出了问题,《远道集》之后,尝试着换出版社,《老荒集》给了上海文艺出版社,《无为集》给了人民文学出版社,结果拖的时间更长。仅《无为集》一书,先生从1987年9月22日至1990年3月23日,先后十七次致信季涤尘,事无巨细,费时伤神,远胜先前几本,这才体味到,天下事大抵如此,时世奈何不得。"书衣文录"记有"近年出版界颇使人失望"一语,应是先生亲身体会。80年代末、90年代初,先生的健康与写作都处于低谷。1989年7月12日致姜德明信中述及:"弟自三月中旬,突然发晕,后虽痊愈,然精力一直没有恢复,每日茫茫然,书也看不进。文章更是没有心思写。恐从此就安度晚年了。"1990年7月4日致韩映山:"我一切如常,有时写一点儿读书方面的文章,很没意思,不过,待着没事干,更没意思。"话虽这样说,先生并没有停笔,寂寞中,还是有令人振奋的时候。1990年四五月间,先生蕴蓄许久、精心撰写的《读〈史记〉记》,在《天津日报》副刊分批刊发,引起读者很大兴趣。这篇万字长文,先生写了近一个

《如云集》,1992年3月百花文艺出版社出版

月,每写出一段,报社先打出样子,先生再做修改,估摸该定稿时,我尽量赶去先睹为快。至跋文5月2日全部刊出,先生少有地兴奋起来,连说,没想到又来了一个小高潮。我抓住时机,向先生请战:"下一部集子,您打算起个什么名字? 由我来责编吧。"先生笑吟吟地从抽屉里拿出两张纸,竖行写着"如雲集目录",依次列出小说、散文、杂文、耕堂读书记、书衣文录、书简等条目,数了数,共四十三篇。原来先生早有想法,《读〈史记〉记》这篇重头文章刊出,心里有了底,才拿了出来。这一次,我和先生想到了一起。

《如云集》系耕堂随笔第九部。先生列出的篇目,都是《无为集》之后发表的新作,初读之下,觉得字数够了,惜创作少了,杂著偏多一些,加上出版社报批选题,需要一个过程,我提出先报选题,集稿再等一等,截止到1990年底为好。孙犁同意了。1990年耕堂丰收,新作各体文字达三十六篇之多,诚如先生所说,迎来个小高潮,这样,至1991年初定稿时,《如云集》扩至十六万字,增加了《谈闲情》《觅哲生》《老同学》以及《一本小书的发现》《庚午文学杂记》(一)(二)等篇,出书后,孙犁告诉姜德明:"《如云集》因系三年文章,较过去几本,均为厚重一些。"

《如云集》1992年3月出书,初版印了八千册,算是差强人

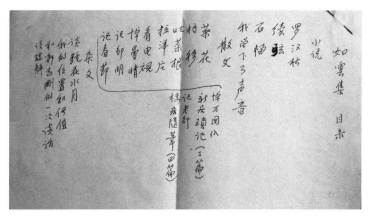

孙犁手书:《如云集》目录

意。留下两个遗憾:一是发行科提出"小开本"书店不给上架,
坚持改用普通长三十二开,改变了耕堂随笔一贯的书装风格,
也让"百花小开本"就此终结;二是看清样那一段时间,我奉命
陪一个苏联作家代表团,去珠三角访问了十天,用心不专,成
书后发现有错字。看过样书,先生心中不快,当着我没说什
么。我觉得愧对先生,很长一段时间,没有上门聊天。

《孙犁文集》先是1982年出了一套五册本,卖得还不错。
一晃八年过去,先生总说自己写得少,积累下来也近八十万字
了,喜欢耕堂晚年文字的人,越来越多,读者有了希望重编《孙
犁文集》的呼声。以百花社当时的状况,重编工程太大,难保
质量,稳妥起见,补编为宜。1990年底,社里动议续编三册新

作,重印前五册,合成一部《孙犁文集》八册珍藏本。此事由社长郑法清主抓,另一位副总编张雪杉负责落实。我忙着编外国散文丛书,没有参与。1991年10月一天,楼道里迎面遇到郑社长,打过招呼准备去忙,郑突然叫住我,说:“这个,老孙想让你参加文集的编辑。”我一时没转过神来,不知这个“老孙”是谁。见我一头雾水,社长又说了一遍,“社里正在搞《孙犁文集》续编,孙犁同志希望你加入进来。”这次听明白了,却是没想到。既然先生提出,我责无旁贷,当天就到鞍山西道孙宅新址。续编文集本是好事,先生却疑虑重重,对编校质量没有信心。早先参与编《孙犁文集》的人,有的离任,有的故去,社里熟悉孙犁著作的寥寥,以致出现“编辑过程中,屡有重大失误(丢一本书,或忘记一个门类)发生”(孙犁致邢海潮)。我去时先生还在为编校质量犯愁,说了一句:“我的东西,你还熟悉一些,就把杂著这一块弄起来吧。”

文集续编分三册,创作与理论两册,别人已经编好、发排,杂著这一册无人接手,等米下锅。先生不愧为文体家,杂著各体兼长,用起来随心应手,虽无意标新,往往立异,发表时又很小心,就拿“书衣文录”来说,本是抄录包书皮上旧文字,作者生怕“有所妨嫌”,一点一点挤牙膏,(一)(二)(三)之外,又有“拾补”“摭遗”,所谓“往事不堪回首,而频频回首者,人之常情"，编进文集则需要重新理顺铺平；信札部分更复杂，既有纯粹私人通信，也有讨论某一课题、供公开发表的信件，刊发时或单独立题，或只标收信人，有些落款没有日期，如何排序也是难题。我把文稿重读一遍，大致归了归类，编出个雏形，心里没有底，想请一位老同志把关，做责任编辑，想到了李蒙英。蒙英大姐已届退休，听说看孙犁的稿，时间又紧，二话没说，立即进入状态，"日夜兼程为之"。写这篇文章时，我重读了蒙英大姐的审读意见，细致、具体、实事求是，把初编中存在的问题摊开摆明。根据蒙英审稿意见记载，我们俩12月26日下午拜访孙犁，就杂著卷有关问题专程请教。"在这次拜访过程中，孙犁又一再表示了他对能否编好、校好、出版好这本续编的忧虑，明说了他对编辑工作的不放心，所以我的思想压力也很大。"

回忆起来，艰难处往往也是甘甜。孙犁的忧虑使我们加了小心，兢兢业业，如履薄冰，先生与我们一起努力，初编中的问题逐一得到解决，《孙犁文集》（八册珍藏本）1992年6月出版。先生写下《题文集珍藏本》，记录了他最初见到这部书的情景："这是一部印刷精美绝伦的书，装饰富丽堂皇的书。我非常兴奋，称赞出版社，为我办了一件大事、一件实事。"他告诉送书去的编辑："我走上战场，腰带上系着一个墨水瓶。我的作品,曾用白灰写在岩石上,用土纸抄写,贴在墙壁上,油印、石印和土法铅印,已经感到光荣和不易。我第一次见到印得这样华贵的书。"先生最后写道:"那不是一部书,而是我的骨灰盒。我所有的,我的一生,都在这个不大的盒子里。"

孙犁的心,一个纯粹文学家的心,伴随巨大满足感,生出的幻灭感,那个时候的我,还体会不到。先生满意,就是对我们最高的奖赏。经历过《孙犁散文选》《耕堂序跋》《如云集》,又参与了《孙犁文集》(珍藏本)的编事,我的编辑生涯中,与孙犁著作的缘分,可以说圆满。没有想到,为这一段缘分画上句号的,是花城出版社。

2007年底,刚回编辑部的余红梅女士电话告知,花城出版社策划一套"大家小集"丛书,意在以一册聚精华,标举现代各大家代表作,正陆续出书,孙犁有一部,列入明年选题计划,标明选编者是我。她想做责任编辑。不久寄来先期出版的鲁迅、郁达夫、徐志摩、沈从文等各集样书。这让我意外,也有些欣慰。我已退休多年,先生的文字经常在读,选编起来并非难事。这一回为编书摊开先生作品,突然有一种空落落的感觉,这才意识到,先生离开已经五年。以往编先生的书,都有先生亲自参与,遇到问题,跑过去就问,不管答案如何,先生的一颦一笑,皱一皱眉头,都让我心里踏实。书出来,先生拿在手里,就着窗户,眯起眼瞧,或赞许,或批评,都是亲切。这样的日子不会再有了。

为《大家小集·孙犁集》撰写"编者序",我写下没能当面对先生说出的话:"现代作家中,完全以作品,而并非作品之外的其他因素传世,并不多见。这样的作家,称得上纯粹的文学家。孙犁是一位。"

我想,先生听到了。

2019年3月10日(周日)改定,感到疲倦

选家的眼光

　　早年读《儒林外史》，还在上高中，最初遇见"选家"这两个字，就是拜《儒林外史》所赐，没留下什么好印象，吴敬梓笔下，科举考试俨然一场闹剧，沉迷于其中的读书人，不是迂腐，就是奸猾，嘴上念着孔孟，心里攀着官场，全然一副奴才嘴脸，编纂《历科墨卷持运》一类考场秘诀的选家，充当了诱人入局的角色。

　　1982年12月，孙犁为人民文学出版社版《孙犁散文选》写的自序中，起首就说："这本集子，是谢大光同志受人民文学出版社的委托，编选而成。我看过了目录。以为，作为选家，大光是有眼光的，他对编辑方法的见解，也很新颖，详见他所写的后记。"这是第一次有人称我为"选家"，虽然出自孙犁先生，我看着还是有点刺眼,嘴上没说,心里在叨咕,作品全是您的,我不过就是编编目录,梳理了一下嘛,怎么就成了"选家"? 对自己的作品,先生反感"炒冷饭",出版选集历来不热心,多次挡过朋友的驾,我受人民文学出版社季涤尘委托,编这本《孙犁散文选》,心里很没底,犹豫了几天,怕一开口被先生回绝,一次耕堂聊天,趁着聊得畅快,故意漫不经心提了这么一句,先生淡淡地回说:"人家让你编,你就编呗。"算是给了我一个面子,没有硬驳。我摸不清先生到底怎么想,只有编起来再说。先生的作品我熟悉,先前的大多在《白洋淀纪事》《津门小集》中,新近的,都在百花出的集子里,没来得及编入集子的,手稿我大都在耕堂读过,选本书不难,要紧是思路不能与其他选本重复,否则过不了先生这一关。没多久,我拟出初选目录,拿给先生过目,先生看了一眼,面容有变化,抬起头盯着我:"说说你的想法。"先生先前出过几部选集,编者大都按写作时间排目,从前往后排的,从近往远排的,都有,这一次我想打破惯例。孙犁的写作,重视亲历感,单篇看不明显,读多了,连贯起来,就是一部自传。编散文选目录时,我想尝试一下打乱写作时间顺序,把涉及作者本人生活与环境的篇章,按照所反映的年代排列,成书后再读,文字随着时间自然延伸,整体感很强。第一次编先生书稿,也是第一次在先生面前端出个人想法，我说得小心翼翼，没想到先生听完，说了一句"好，就这样吧"。我趁机提出，"您光说好不行。出版社希望您写个序。"先生笑了，"这个序由你来写吧。就把你编书的想法写进去。"这不成了作茧自缚？我急了，声音高起来，"人家要的是作者的自序。我写算什么！"先生见我真急了，缓了一下说，"容我再想想。"

真是难为先生了。先生有自己的原则。序，虽然写了，仍再次重申："自从我决定不再为别人的书写序以来，为自己的书写序的兴趣，也大大淡漠了。各地委托别人代选(有的广告上说是我自选，不确)出版我的别集，我都没有写序。这次，大光和出版社，一定要我写一点，屡辞不获，实在没有新意，就说几句闲话吧。"孙犁的"闲话"可不闲，特别是那层"一时失去真相"尚有救、要在"内心保留着真情"的意思，够记一辈子了。遵照先生提示，"编后记"我没有按"等因奉此"的程式写，说了一些尚不成熟的个人想法，"我以为，作为文学艺术的一部分，不但创作需要个性，编辑工作也应当富有个性，才有利于'百花齐放'。由于孙犁的鼓励和理解，这本散文选集，得以按照我个人对于孙犁作品的理解，来选择和编排，使我关于编辑方法的设想，有了一个实践的机会"。文末，我感慨道："在社会向前发展，人与人之间的关系不断变化的环境中，能够了解别人,或是让人家了解自己,总是一件很愉快的事情。"

通过编《孙犁散文选》,感觉与先生近了,出入耕堂更勤了。我发现,自己其实很欣赏先生的固执,心下还在学着做,不过对于"选家"二字,我还是有自己的看法。

编《散文》月刊时,大量接触自然来稿,虽然能用的很少,沙里淘金,还是有让人眼前一亮的文字,作者多是青年,我们尽力推上去,有的发表出来反响不俗,甚至意外地促使作者人生道路发生转折。期刊毕竟有时效性,影响囿于一时,编刊之余想到编书。如果不限于一两家刊物,在全国范围选一部青年作者的散文,一定面目一新,应该有读者欢迎。当时受观念所限,这种跨年度、跨地域的散文选集,还是迷信权威北京大社,虽然没有成文规定,实际上,也只有人民文学出版社,隔个三五年编一部这种带有范文意义的选集。专为青年作者编的,还没有见过。

也是巧。一次在北京参加出版系统的会,与中国青年出版社阙道隆坐在一起,这位戴玳瑁眼镜的"老"干部问了我几句闲话,初次见面的拘束感很快消失。直到现在,我都不清楚老阙当时任什么职务,只知道在中青社是个领导。听我说起在百花编《散文》,老阙来了兴致,聊着聊着,编青年散文选的念头自己冒了出来。老阙是"老出版",沾上选题反应敏锐,听我简单一说,马上表态,好哇。这正是中青该做的。你回去写个书面意见,我们商量一下。

想法并非一时,写起来就快,我在寄给老阙的"关于编辑《青年散文选》的设想"中强调,迄今还没有为全国范围的青年作者出过散文选集,"这些作品散见于各地报刊,致使散文创作方面这一支新生力量,未能受到应有的注意,在一定程度上影响了散文的发展"。那时年轻,写什么都爱往大处使劲,好像自己做的是天底下最大的事。除了拟订青年散文的编选年代与作者年龄,还提出:"本书所选,除坚持一般的思想标准和艺术标准之外,应能反映新时期青年一代对于生活的思考和追求,有益于增进青年读者的文学修养和思想修养。并要求篇幅短小,文字精练,可作为大中学生的课外读物。"现在想来,这大约就是朦胧意识中我最初认可的"选家"职责。

过了较长一段时间,我心里不大抱有希望,老阙回信了,看来他们经过了慎重研究,"来信及方案都收到了。编这样一个选本是有意义的。有一个问题想和你先商量一下。我们的《青年佳作》及《青年诗选》,是分别用《青年文学》编辑部和本社名义编选的,散文选仍想用上述名义(选一种)编选,以便保持风格的统一;但编选工作仍请你做。至于选目还可以征求有关报刊编辑部的意见,请他们推荐作品。佳作及诗选就是在报刊编辑部推荐的基础上选定的。"这些话显然代表出版社说的,下面一小段,则恢复到那个与我聊天的老阙的口气,"这样做是否可以,想先听听你的意见。你如果同意,可与王维玲同志进一步联系(主管文学编辑室及青年文学)。我即将出差,如果等我回来,就得要延到六月初了。"这封信是1984年5月4日收到的。

在部队待了些年,我脑子里对人事关系毫无概念,其实是怵头,心想一事不烦二主,编书不是急事,还是等老阙回来吧。七月间,《青年文学》编辑部发来一封盖着红印章、内文手书的公函,行文客气,却透着不容商量的语势:"您热心地提出了关于散文选的问题,我们是很感谢的。不过,我们也早有这个意图,拟每两三年编一本,和《青年佳作》《青年诗选》及报告文学配套。根据您的来信,我们与领导做了研究,决定还是以青年文学编辑部的名义来编,邀请您参加此书的编辑工作,具体方案如下……"一二三四,列了一串条款,最后表示,"如您同意上述方案,我们当进一步联系,协商具体事宜。"从私心讲,我对自己这个选题有些得意,从未奢想独自去完成,能看到书出来已是最大满足,其他都无所考虑,对方提出,"由您首先进行初选工作,提出一批选目,我们依据这个选目,再做调整或补充。我们负责二选、三选及有关出版工作,当选目确定后,付

给您一定的编辑费,并在出版者的话中提及此事,编者署名为
《青年文学》编辑部",我毫无意见。只是在编选范围上,对方
"限定1982、1983、1984三年内发表的作品。1982年以前均不
选",我有些困惑。1980—1982年,正是《散文》初创的这三年,
接触一批散文新作者与作品,才促使我萌生编书的想法,《青
年文学》按说不会隔膜,提出这样奇怪的"限定",不知所凭何
据? 我隐隐感到对方的眼光没放在散文上,这次合作不会太
顺当。

我还是不愿意放弃这个难得的机会,借出差到北京当面
与《青年文学》编辑部协商,他们确实对散文状况不甚了了,让
我不必拘泥年代,先编起来再说,并指派刊物兼管散文的詹少
娟与我联系,这位身材高挑的福建妹子,说话柔曼文静,给我
印象很好,后来才知道,詹少娟就是斯妤,斯妤的散文在女性
写作中已崭露头角,文字和人一样悉心安静。

老实话说,第一次编全国范围的散文选本,又都是名不见
经传的青年作者,真有些力不从心,好在有一批热爱散文的年
轻朋友,《人民日报》副刊朱碧森、《萌芽》赵丽宏、《海南日报》
黄宏地……他们的推荐,弥补了我的局限,一些素不相识的青
年,辗转听到消息,主动寄来作品,或介绍自己喜欢的作者。
散文世界竟然还有这么多年轻面孔! 我的心一下子敞亮了。

年轻,与散文相遇,激发出内心单纯的美,使人坦率、真诚,乐于与人分享。《新疆日报》列子,办《散文》时的作者,写信像老朋友,"我很喜欢散文作品,不忙的时候读一读,心里就像有一条温暖而明净的小河流过,有一种变得纯净的自我感觉。后来有机会自己也学着写一点,写得不多也没有什么好的作品,因而也不敢奢望出选集什么的,当然,一点念头也是有过的,但一看作品,真拿不出手,也就断了这个念头"。正在文学讲习所学习的梅绍静在信中说:"我很喜欢散文的'自由随便',看一篇好散文就像听人闲谈似的,当然这种看起来随便的文章,也是作者多年积蓄的感情、思想的一种喷发,它应当是新鲜、生动而深刻的,使人无意之中得到益处。"仅凭爱好散文,就能够倾心交流的文友,让我感受到信任,这一年年终,《青年散文选》初选目录大体拟就,社里编书任务渐渐重起来,嗣后又面临着岗位变动,我把选目寄出,初选任务算完成了,等着出书就是。

　　一晃就是一年多。1986年5月,我从散文编辑室调到《小说家》编辑部,工作稳定下来,想起一直没有音信的《青年散文选》,遂致信詹少娟,很快得到回复:"散文选事,前不久我又提交编委会研究了。考虑到时间拖得较长,决定让一位副主编再看一下书稿,然后决定怎样调整,何时发稿。此书碰上出版低潮，一拖再拖，实在抱歉。但愿最近能促成。"小詹的回信我能理解，出版社经常面对作者出书慢的诘问，我也会同样答复。然而，这样一部标着"青年"的选集可拖不起，再拖下去青年就拖成中年了。小詹还是温馨的，她也有自己的难处，"我仍在编刊物，但业余时间已写不了东西了——全给儿子占领了"。那段时间，我参与花城出版社《中国当代百家散文》编选，约了斯好的稿。

只能继续等。1987年元旦，小詹似乎猜到我的心理，选择新年第一天写信告诉我："老赵（赵日升）已将书稿看过，并有一些建议，诸如作者年龄、所选范围等方面的。您什么时候有时间，希望您来京一趟，咱们当面商量一下。好吗？"我心里明白，1984年的初选权当练练手，直到此时，中青社才算将《青年散文选》正式列入工作日程。八月间，同在《青年文学》编辑部的舒洁寄稿子来，"听少娟说，《青年散文选》已开始编辑工作"，从侧面证实了我的判断。三月间，小詹又来一信，"《青年散文选》已定年底发稿。您如最近来京，请到社里谈谈。赵日升意见选目要做些调整。此书一拖再拖，实在抱歉，现在终于有了准信，但愿能早些印出来。"

时间真是奇妙。有的时候，搁置，延宕，甚至偷懒，也可能开出新的局面。在《青年散文选·编后记》中，我记下这样的体会:"对于编好一本名副其实的《青年散文选》,这三年的搁置大有好处。只要对散文稍加留心,就可以看到,恰恰是最近两三年间,文坛上悄悄涌现出一批年轻的散文作者,他们大多出生于60年代,长成于80年代,可以看作是"文革"后的一代新人。他们的作品新鲜活泼,较少羁绊,恰如他们的内心世界,给散文园地注入一股青春气息。另有一部分写作时间长一些的作者,在这两三年中,散文创作有了新的突破,呈现出不同

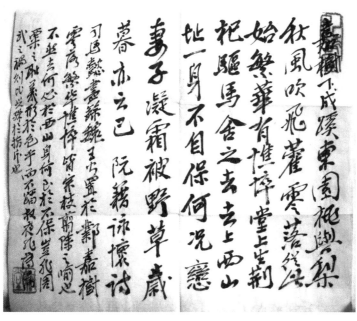

孙犁书法一

以往的崭新格局,这就为本书的编选提供了一个较为坚实的基础。当然,在这样一段时间里,在新作者涌现的同时,初选名单中也有一批较有影响的散文作者,渐渐退出了青年的行列,步入中年。限于书名规限的年龄范围,他们的作品虽然各具特色,也只好割爱。至本书定稿时,初选篇目,只保留大约五分之一。对于时遭冷落而仍在默默前进中的散文事业,这是一个雄辩的佐证。"

当年的我已经四十出头,步入中年行列了,自认为比我年轻就算"青年"。从与作者往来信件中看出,1987年,是我走回"年轻"之年。《青年散文选》由中青社正式启动,也不分什么二选、三选了,回到我手里重新编过就是。我在百花被调到《小说家》编辑部,接触作者面宽了,对散文添了新的认识:文体不是最重要的。一些认真写小说的作家,下功夫打造自己的文笔,不喜欢按常规套路出牌,一旦以散文出手,常有力作。根据平日阅读,我选了韩少功、张承志、王安忆、张抗抗、张新奇、何立伟、矫健、徐晓鹤、赵玫等青年小说家的散文,丰富了选本,又方便为《小说家》约稿,一举两得。

韩少功复信:"遵嘱寄来你要的东西。我那篇散文,你从严处置,稍不顺眼,掷之纸篓就是。"何立伟复信:"散文寄来,因为极短,故缀以两则,称之'小品二则',不知可不可以。也不是没有稍长的,但我以为小品文过于受到冷落,大家都不乐意写,冷落得使其消失掉了。我每每读东坡《记承天寺夜游》,心生感念,也不是一回两回了。"赵玫复信:"谢谢您在编散文选的时候能想到我。我们现在开始评职称,比较紧张,但总还有些时间,写点小说和评论之类,于是很累。若有可能,一定为《小说家》效劳,只是心里一直有些怵。"徐晓鹤写的小传,比散文有趣:"徐晓鹤(1956 -?),男,鄂裔粤籍湘人。当过知青、工人、编辑各数年,写过诗和散文,现写小说为生。工余买书看书,或随处走走。性好交游偏不擅处世。集自私、偏狭、妒忌等恶习于一身,常招人恨到筋痛而不肯罢休。"张新奇寄稿来,同时推荐了聂鑫森。厦门大学林丹娅,熟悉的朋友称她"小精灵",在北京刘再复家里见过一面,写信挺逗:"回得学校来,整天忙乎乎的,琐事甚多,另外还有一事我告诉你,就是忙着谈恋爱,谈婚论嫁呢!这样子我总没有力量去完成那个中篇,常常是零敲碎打地写一些短篇小说和散文。我也忘了前两年有选过哪两篇散文。现就寄上这几篇您挑挑看。如果时间能等的话,《青年文学》有篇《女人的星》,即发,我觉得挺不错,自我感觉挺好呢。"河南王英琦依旧直通通的脾气:"你又编什么散文集了?尽想捞钱!寄二篇给你,你可要把我都选上呦!现在我已成了'河南媳妇'了。长期以来,我渴望的就是那种宁静温暖的家庭生活，现在总算如愿以偿了。"诗人李钧寄来亡妻曹建玲的作品："现寄上小曹的两组小散文。发表时因篇幅原因压去一些，我又找出原稿将压去的加上了。没什么特别原因，盼你不要给她再删压了。我还是那样，时时悲不打一处来，惧怕未来，总感到活着太累了……"李钧与小曹，原都是天津警备区军人，一个写诗，一个写散文，我亲眼见证了文学使两个年轻人相恋、结合的美好，小两口先后调到北京军区，1987 年 5 月，小曹因车祸殉职，年仅三十二岁。2021 年，就在我断断续续录下这篇文字的时候，北京传来李钧病逝的噩耗，对着信、稿，我呆坐许久。

1987 年 6 月，福建三明举办旅游文学研讨会，会上结识了辽宁铁岭《青年散文家》党兴昶，以前不知道有这样热心的人，专门为青年办了散文杂志，在一个偏远的小城，面向全国，难度可想而知。会议安排我们住在一个房间，聊得很投机，小党正在为刊物的生存拼力奋斗，我曾在一篇序文中感慨："在党兴昶身上，我第一次感到，对于散文的挚爱，不止需要勤奋，还要有百折不挠的韧性，受得起委屈。这是党兴昶为《青年散文家》的生存所付出的。"小党会后来信说："我越来越感到，一个人想做点好事很难，而去迎合，却会处处顺风，怪事！好在不断有朋友帮助我们，这是我最大的慰藉。我这人虽然时而木讠内,时而怪态百出(在三明已得到一些表现),但心里还是有点数的。机遇使我们能够最早同住一室,恐怕这就有点什么先兆。"小党指的自然是自家刊物,我则望到了《青年散文选》的前景。结果美好,过程却未必,一波三折,反反复复,倒积累下不少体会,我与詹少娟商量,想写个"编后记"附于书后。1988年1月19日,小詹复信:"《青年散文选》我和老赵均已看过,并已于12月初送老王终审,本想等终审下来再写信,因老王近来事多一直未看书稿,我又病了一个多月(发烧,咳嗽)故将复信拖至今天,十分抱歉!后记请您即寄给我,我尽快请老王看,并争取用。另外,我想您也可给老阚写封信,谈及此书稿,请他促成早日发稿。好吗?"我隐隐觉得,这部书的问世,还不会太顺当。

回顾一生编辑经历,沟沟坎坎不少,每次似乎都有贵人相助。这一次是詹少娟。事后回想,若不是她在社里始终盯着,《青年散文选》恐怕早就泡汤了。小詹身体不算结实,家务不轻,编月刊再加编书,负荷超重,来信流露过:"现在作家们写得少了,我们当编辑的就更难了。真想改行呢。"这一年,我两次到中青社,印象中小詹都是病恹恹的,她已申请去北京军区搞创作,为《青年散文选》还在做最后的努力。6月17日,小詹来信:"《青年散文选》发稿前的工作已全部完成,这一两天就发稿。奉上目录和后记复印件、未入选稿,请查收。我下个月就正式到军区上班,希望今后能多读点书,多写点东西。你的工作变动了吗?愿你如意!你这次来,正逢我身体不适,未能好好招待,希望下次能有机会弥补。下半年我大约九月份下连队,其余都在家。"我为小詹高兴,也为《青年散文选》终于发排而欣慰,我甚至悬想,可能就是为了完成此事,小詹推迟了调动。此后一年多,事多心杂,《青年散文选》的最终命运,已经无暇顾及。1989年10月11日,久不联系的赵日升突来一信:"《青年散文选》终于见了阳光,不易。这是你辛劳的结果。现仅有一册样书,还不能寄你。寄上目录,请你把你所知道的作者地址,尽量全面地告诉我,以便及时寄样书和稿费。书出后即寄你!"

真有些出乎意料。"不易"两个字出自老赵,内里的故事不是我所能尽述。成书最终选了一百篇散文,出自一百位青年作家,选目大致保持了1987年的面目,加入几篇《青年文学》近年刊发的作品,经过几番折腾,原初的编辑思路已经模糊,仅仅为当年的青年散文留下一个遗照。据说"该书一摆上新华书店的书架,不日便销售告罄"。变革之年,这样一部年代感很强的选集,很快被遗忘了。

2017年1月,恰是我农历生日那一天,电脑邮箱里读到深圳书友梁由之发来邮件："去年9月,京师匆匆一晤,既感欣慰,又憾未及详谈。随后携汪朗兄到长沙,为《汪曾祺作品》系列已出的六本搞了场活动,对谈嘉宾则是何立伟兄。我一向喜欢立伟兄的文风,回想起来,当初最早读其小说,是杂志上的《白色鸟》,最早读其散文,则是80年代的一个选本《青年散文选》里面的两个短章《星期天》和《忆江南》。回深圳后找出旧书翻阅,居然发现,后者的'编后记',出自兄台手笔。这也太巧了。日前与立伟兄通话,谈及此事,并略述了兄我的因缘,他也惊叹人事和造化的神奇。"我与由之一南一北本不相识,皆因都喜欢孙犁作品,一语即熟,亦堪称神奇。

《青年散文选》的折磨,没有销蚀我编选散文选本的兴致。"文革"中缺少书读的日子里,一部人民文学出版社1965年出版的《散文特写选》,曾被我视为宝贝,几乎翻烂,种下了一个情结。后来接触到《古文观止》,郁达夫编的《中国新文学大系·散文二集》,心目中选本的分量越发重了。1985年庐山开会,与《随笔》黄伟经同行,随笔、散文本是一体,天天转山看景加聊天,聊出了一个思路,何不就近十年的新作,编一部《中国当代百家散文》? 老黄是个急脾气,当即就要拍板,又虑及我年轻资历浅,回去报选题怕难通过,遂提出是否找一位名家合作,思来想去,熟悉的人选里,袁鹰最合适。袁鹰负责《人民日报》文艺部，又是百花与花城都倚重的作家，就怕他手头事情多，不肯答应。

编大型散文选集，是个苦差事，也是广泛接触作家、作品的难得机会，于本职工作，于个人修养，都有大益处。估计袁鹰早有切身体会，听到我们的想法，推掉其他约请，爽快地答应下来。我当时在社里新到一个编辑室编书，工作量大，很多事要从头学起，压力不小。袁鹰长我十多岁，论写作，论编辑，都是前辈，一起合作编书，是难得的学习机会。心中也有顾虑，两个人的观念、评价标准未必完全一致，遇有异议，如何处理？我已做好当助手的准备。后来事情证明我是多虑了。老田（袁鹰本名田钟洛，从这次合作开始，我口中称呼很自然地由"袁鹰同志"改为"老田"了）一开始就坦诚表示，这次编书我们各取所长，他侧重老作家，我侧重中青年，必然事半功倍，合作圆满。我发现，散文观念上，老田的开放包容，与我甚为契合。老田撰写前言，一番话说到了我的心里："散文的发展，一般说不大会像小说或报告文学那样，突然名噪一时，声震遐迩，顿时引起读者的瞩目和评论界的青睐，鲜花着锦，烈火烹油。散文是不大会有这样机遇的。它是平静的，他以安详、从容的步态走到读者身边，走进读者心中，它是早春的细雨，仲夏的凉风，清秋的明月，严冬的炉火，轻轻地、绵绵地沁入心田深处。它将真事、实事,种种矛盾、种种纠葛,按它们的本来面目,真实地袒露在人们面前。它以真情、至情,不加矫饰地撩拨人们的心弦,引起你的共鸣,让你欢欣、恬静,让你感慨、震愕、悲愤以至战栗,让你沉思、探索、冥想、自省,让你的心灵在炼狱中经受种种煎熬,辗转反侧,不能自已,最后得到净化、升华,以至大彻大悟,返璞归真。"我接续写出"编余辍语",把合作编书中轻松、从容的心态表露无遗:"五年前,为孙犁编辑散文选时,编者曾提出:'作为文学艺术的一部分,不仅创作需要个性,编辑工作也应当富有个性。'这当然专指文艺读物而言。作为最能体现作者个性的散文作品,尤其需要在编选时突出个性。本书应当说是这种说法的又一实践。编者的目的,只是将自己平日所好介绍给读者,如同对友人展示心爱之物,以求共享欣赏的愉悦。""此事最忌约定时日,突击成书,编者亦不必正襟危坐,示苦读状,但须痴于散文,入寝入食淡急功近利心理;平日阅读不拘风格流派,纵目浏览全凭兴之所至,每遇佳作,不免手舞足蹈,读后专置一箧,容闲暇时细细品味。日积月累,乐此不疲。加之外出访友,常遇同好,闲谈中各荐过目美文,引以为快。至编书时已成竹在胸,只需倾箧内所有,互通有无,再加以比较遴选,删繁补缺。本书编选过程大致如是。"今天想来,这样写,快意有之,确有些浪漫了。联络

作者,选定篇目,誊抄小传,这些编事的琐碎庸杂,相当一部分
由老田承担了,繁忙中能如此优游,全拜老田那长者的宽容与
担当。仅选1986年6月老田一封来信,可以管窥当年我们紧
张、默契的合作状态。

　　大光同志:

　　你好!你接到此信,想已从外地回天津;但我后天出
差去上海,中旬已在上海了。你5月22日来信及几篇复
印件,及《十年散文选》均收到,请勿念。

　　我近日即抓紧看这批稿件,并将你编写的小传,一一
誊抄在每篇文末,但到今天,才看了十分之六(包括一部
分过去已读过的),尚有十分之四。因即将离京,来不及
看完,只好回来再抓紧看完。又想到应有陈学昭的;因此
已托《随笔》郭丽鸿同志代为选一篇,因为陈学昭同志近
年作品,大都在花城出书,也大都由郭担任责编。其他也
尚有个别可以调整。

　　昨天同伟经通了电话,告知以上这些情况。他说不
必太急,还是将保证质量放在首位,要将这本书编成高于
目前一般类似选本,以符合书名。他6月中下旬来京集
中后访苏,7月上旬回国,到那时编好由他自己带回。我

想,等补稿、小传等统统搞齐,恐怕也要到那个时候,何况尚有序言、后记均未动手。我去上海,大约6月底前回来,在此期间,估计很难着手写序言,最多是酝酿、思考一下而已。我们两人实际上都是业余在编此书,怕也只能如此。

　　即祝

夏安!

袁鹰

6月5日

　　《中国当代百家散文》1988年6月由花城出版社出版,七百多页,选了一百零六位作家的作品,遵照袁鹰提议,选目以作者生年排序,从1900年的冰心,到1957年的铁凝,绵延几代的新老作家济济一堂,书拿在手里沉甸甸的,顿时感到,所有的付出,值了。

　　编这样大型选本的机会可遇不可求,往往须较长时间酝酿,有时也会突如其来,带戏剧性。1994年春,我们在广东佛山承办全国文艺出版社社长总编首届年会,那时北京十月文艺出版社早已挂出牌子,人员编制还属北京出版社的文艺读物编辑室,李志强时任编辑室负责人。改革开放后充满活力的珠三角,给与会者留下很深印象。会后老李寄来合影,"那一段美好时光,将永远留在记忆中"。一晃四年,1998年5月中,久未联系的李志强突然来信求援:"大光兄:疏于问候,祈谅! 有一事相求:我社准备出版《建国五十周年文学作品精选》,已列为北京市重点出版工程,各卷均已开展工作,唯散文卷主编余秋雨最近提出由于其他任务太重,难以分身,希望我们提出一人同他共同主编。这样,我就想到了阁下。你与他共同署名,由你提出入选篇目,我们征求他的意见,然后由你做编辑工作。导论由他撰写。现寄上我们关于这套书的构想和补充意见。"

我在出版社多年,知道这种事的急迫,犹如梨园行里"救台","选题构想"落款"1997年10月",要求各卷所选作品应于1998年7月以前交出版社,也就是说,其他卷有10个月时间操作,留给散文卷只剩两个月;再看各卷主编名单,均为文学门类各路诸侯大腕,自知不在一个台面上,有心推掉,又却不过老李一个"求"字,内心也有"何不一试"的冲动。那一段时间,我具体负责的《世界经典散文新编丛书》正在逐卷攻关,不允许过度分神,复信时我告诉老李,我当尽快草拟一个初选方案,以解燃眉之急,至于主编,他们可从容考虑,找到更恰当人选,我的方案作为参考就是。经过几个选本的编选实践,90年代初又连续编了几年《中外散文选萃》，自知列一个选目并不困难，不担"主编"名义，只当给朋友帮忙，也就没有压力，十多天业余时间草拟好，寄出去，算尽了心。

结果我被对方认真负责的职业操守感动了。老李、接任他的隋丽君，还有"散文卷"责任编辑丁宁，拿着我那不算太靠谱的选目，多方征求意见，决定正式发出约请，丁宁写信详细列出补充建议，并强调："所有的建议都仅供您参考。您定篇目不必受我们影响。真的，您决定上什么不上什么。"丁宁还专程来津当面磋商。我在班儿上分不开身，让女儿（教育出版社编辑）陪她吃了顿饭，临走丁宁有些责备地说："谢芳挺聪明，跟我说了不少心里话，蛮苦恼的，看来你们平时缺乏交流。你该多找她聊聊。"真是的。成天忙了些什么！不知不觉膝下嬉闹的孩子已是大姑娘了，我确实不是一个合格的父亲。丁宁提醒得很是时候。日后我常为这偶然碰上的忠告心存感念，这是命运最好的回报了。

真正投入"五十年散文"编选，我被"五十"这个数字迷住了，"人的视野有限，记忆有限，离得太近或太远都看不真切，记不清楚。五十年，恰好提供了一个不致忘却而又便于审视的距离。"如果视散文为一面镜子，那么五十年散文这面镜子，呈现出来将是碎裂的。只要不翳，碎片不也具有镜子的功能吗？我虽然主张，文学作品的编选应当富有个性，五十年的散文，完全依凭个性未免褊狭，多听听不同意见，动员起多年积累的各方资源，这部书值得他们和我一起下功夫。

袁鹰最先伸出援助之手，半月内两次来信寄稿，言出肺腑："五十年散文选是一项大工程，自当尽力听从你指挥。""编这类选集，担子繁重，事物又烦琐，你辛苦了！但其中亦有乐趣，且极有意义。"文学所楼肇明话说得尖刻，代表了一些人的看法，"这些年来，散文园地闯主角的是随笔，质量高的好作品也集中在学术随笔。散文的定义是可以宽泛一些的。没有思想的滋养，散文只会是一片壅塞之下的贫困，即繁荣遮蔽的荒漠"。刘烨园是年轻人中的知友，说我与他们"距离"很近。关于"五十年散文选"，他认为："要有眼光、个性，将来要站得住，就得注意一些形式、思想内容上有追求的作品。不能过多地论资排辈。宜在多元的当下，鲜明地展示您自己的一元，这样才有价值，也才能与众多选本互为补充、对照。"苇岸下午接到我的信，当晚回复："关于推荐散文新作者作品，我寄上一平这篇《辽阔俄罗斯》（我个人较偏爱一平的散文，他现在美）。我也给冯秋子刚打了电话，让她寄您一篇，并让她转告于君（您收到后，给她们回下处理意见）。另外我也想到了鲍尔吉·原野和杜丽等。但可能您所需新作者篇目有限。我的《大地上的事情》，书上的被选编过多，我寄您一组后来较新的。一切都依您的编辑标准定取舍。"

我是一只被赶上架的鸭子，学理上，资料上，毫无准备，所有的思路离不开现实。我的思考是，"五十年散文"这个旗号一打出，就不全是个人的事了，庸常，从众，避免不了，出新不在于制造噱头，而在挖掘，在鲜被注意的节点上开出新矿。沈从文，现代文学公认的大家，1949年以后确实写不出来了，勉强写出的无法卒读，我又不甘心让他缺席。80年代初拜访过沈老，在东总布胡同那间简陋的耳房，凡文学话题避而不谈，一脸木讷，转身从床下拖出一卷敦煌拓片，展示宝贝一样滔滔

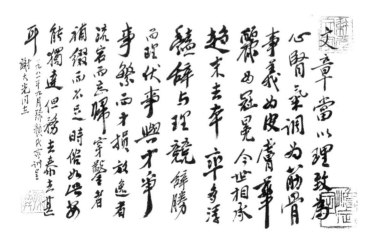

孙犁书法二

不绝，像个孩子。他有舒展自己的领域，就到他的领域去寻找，我选取沈老为《中国古代服饰研究》写的《引言》，踏实许多。老先生写到蒙元王朝服饰，有这样一段话："本书却在统治范围内的小事，为前人所忽略，或史志不具备部分，提出些问题，试作些叙述解释……进行些比较探讨，是否能够得到些新知？"

文学不是万能的。文学不能到达的地方，自有其他文字可资替代。张竞生、马寅初、顾准，就这样被我拉了进来。孙犁的散文我选了《黄鹂》，1962年病中写出，直到1979年才得刊发，与晚年的耕堂文字相比，虽然没有那么老辣淡远，却是一脉，置身其他同辈作家文字中，已有一股超拔之气。1998年，孙犁已重病卧床，无法像以前那样，对我提出的选目表示可否，我以为《黄鹂》是孙犁翻过白洋淀，迈向耕堂的转折之笔。

其实，老作家中，我孤陋寡闻的也不少。湖南李冰封，安徽彭拜，如果没有当地文友提醒，险些错过，李的《背犁》，彭的《婚后之恋》，都是实大于名的佳作。王朔有句话我很认同："任何选本的企图都是对整个文学成就的不敬。"比起作家，对跨界写作的文化人，我尤其感兴趣，画家林风眠只有二百多字的《自述》，哲学家周国平殇女夭逝的《一个父亲的札记》，原子物理学家詹克明的《裸猿》，无意文学，却在本质上比许多标准散文更贴近散文的特质。詹克明来信说得诚恳："我长期从事科学的基础理论研究，对数理化天地生都有广泛的涉猎，几十年来一直跟踪科学的最新进展；我又是一个惯于思考的人。追求科学普遍性与深刻性的思考，有时把我引向自然哲学，这次却把我引向文学。我用散文形式写出了这方面的感悟，对自然、人类、科学的理解。散文前辈名家一再告诫，写散文切入点要小，切忌大题目，可我却是三个大题目的综合。它总括了我多年来对这方面断断续续记下来的思考。我原估计这种涉及最新科学、有些艰深内容的文章，只能是为了少数读者写的，文学界如此强烈的反响，是出乎我的意料的。"

包括《散文卷》在内的《中国当代文学作品精选（1949-1999）》（八卷），1999年9月由十月文艺出版社出版。我参与编辑的《世界经典散文新编》（十三卷），1999年10月由百花文艺出版社出版。两套书双双获得第四届国家图书奖提名奖，这是选编类书的最高奖。我和同事李家文去北京领奖，与隋丽君碰到一起，彼此一笑会意。会后，老隋请我们吃了一顿大餐。

新世纪的到来，对于我，意味着退休倒计时，我对散文的编选情结似乎还没有完全消退，退下来，闲心思多了，也许更从容一些。2010年，翻闲书忽然想到，第一个十年快过去了，散文怎能没有一个刻度？人民文学出版社自21世纪开始，每年编一本散文年选，他们有这样的兴趣吧？潘凯雄当时任社长，我写信谈了想法，经有关编辑室研究，同意由我来编这个十年散文选，书名定为《21世纪散文典藏（2000-2010）》。与人文社"选家"们合作，编选过程比较顺，乏善可陈，最大的收获使我领教了时间的无情。文坛如牌桌，一局终了，重新洗牌，二十多年前《青年散文选》入选的百名作者，至此只余寥寥六人，也都知天命了。另一个印象，散文越写越长，不知得益于电脑的便利，还是稿酬的刺激，想选千字左右的短制太难了。一位善写长文的名家，被我发现一篇挺有味道的短文，推上去，却说"不够厚重"，另换了一篇万字文才通过，我选了八十几篇作品，定稿时，被砍下十多篇，意见仍是"不够厚重"，弄得人没脾气。出书后一看，分量确实不轻，六十四篇作品，已有四十多万字，砍掉一些篇目还是英明的，若是弄成一块砖头，谁能喜欢。我的性格中，习惯妥协的基因较强，难得固执，难得坚持，虽有善于包容之长，结果往往驳杂，很难说有什么眼光。现在想来，所谓编辑要有个性云云，应该是年轻人不谙世事的一个梦吧。刚刚走上编辑之途，就得到孙犁先生鼓励，我是幸运的。先生那么爱惜自己的羽毛，却放手让我这个初出茅庐的小子拿他做什么选家试验。今天想想，先生才当得起真正有眼光的选家。他的文字,他对古今诸家的评点,经受住了时间的检验。

附记:写这篇回忆,重读了一遍《儒林外史》,读出吴敬梓的悲悯之心,几个选家形象,刻画得各自不同,下笔冷暖极有分寸,马二先生游西湖一节,就写得十分有趣,看得出作者有几分喜欢这个人物。读到蘧公孙终于如愿站上"选集"的封面,附了马二先生的骥尾,我忍不住笑了起来。

耕堂聊天记往

偶然看到一本 2017 年的刊物，封底彩照为孙犁故居，说明文字："作家孙犁故居，天津市南开区玉泉路学湖里小区 16 号楼 3 门 3 层。1985 年建成，为六层曲线型条式楼，天津人俗称'蛇形楼'。孙犁 1986—1996 年居住于此，晚年的大部分作品在此完成。他 1995 年正式封笔。"

照片应该是对的，文字有出入。孙犁 1988 年 8 月才从多伦道搬到学湖里，按当时建制，学湖里属鞍山西道；地址也有误，准确说应是学湖里 16 号楼 2 门 301；说孙犁"晚年的大部分作品在此完成"，不准确，耕堂随笔十种，只有《如云》《曲终》两集，大致算在新居完成，因为《如云集》中不少篇章还是在老宅完成的；有人会觉得，我这样对着一幅老照片吹毛求疵，该不是没事找事闲得难受吧？实话说，项庄舞剑意在沛公，我心里另有所属。

1979年第一次拜访孙犁，他住在多伦道216号，这是一处旧时的花园洋房，据说原为一政府要员的公馆，后来做了天津日报家属院，住进十几户人家。孙犁住大院南面一处平房，与李夫相邻，该是"公馆"前厅，门前有露台、回廊，室内高大轩敞，采光却不好，被一长溜书柜隔成两爿，里间卧室，靠南窗一边做书房兼会客。这屋子中看不中用，冬天灌风，夏天漏雨、

陪同《羊城晚报》万振环拜访孙犁
（1987年8月8日）

嘈杂，住着并不舒服，更不适于写作，孙犁曾以"空荡，破旧，清冷"形容，与友人书信中多次出现"我住的是间老朽的房，窗门地板都很破败了，到处通风。冬季室温只能高到九度，而低时只有两度"，"一到夏天下起雨来，每间屋子，几乎无处不漏"，"入夏以来，庭院大乱，我什么也干不了"这样的话。就是在这里，孙犁"闭门谢客，面壁

南窗,展吐余丝,织补过往",写出晚年大部分著作。1979年以后,我常到多伦道看望孙犁,开始是约稿、取稿、送校样,后来,有事没事也来聊天。有朋友曾提醒,这样的机遇难得,先生谈了什么,每次记下来,以后有用。我很享受与先生无拘无束地聊天,没在意,偶尔也会追记一点先生言谈,正式一些的留在本子上,更多是随手记在纸片上,时间长了,散在各处,忘记了。好在我有一个习惯,不随便丢弃写有字的纸,这两年准备写点回忆,彻底清点从单位拉回的旧物,才把散乱的追记归拢整理,就作为先生逝世二十周年的纪念吧。

1980年2月10日上午。陪滕云拜访孙犁。滕云当时在社科院文学所,有意下功夫研究孙犁著作,很想当面向孙犁请教,又怕谈不拢,冷场,拉我作陪。滕云刚刚从湖南、广东考察回来,见到萧殷、黄秋耘,谈话从萧、黄二位与孙犁的交往开始,气氛融洽,时间也超出滕云预料。孙犁正在准备与《文艺报》吴泰昌的谈话,想得比较深,谈到政治对文艺的决定作用,也谈到艺术和政治还是有所区别。"文艺评论是学术范围,不能按照政治需要搞。我赞成扎扎实实地做学问,像王国维那样,几句话都是站得住的,我很佩服。胡适之的小说考证也是扎实的学问。罗振玉是汉奸,可是搞了不少碑帖,都是从古墓里挖出来的,那是硬挖出来的呀!今年过春节来人多,但并不觉得太累。接待人多了,有经验了,学滑了。来人我想法让他们自己说,或拿出作品来请他们看。这样我就省力了。"说到这里,孙犁哈哈大笑。

滕云说,现在希望开一个孙犁作品讨论会的呼声很高。孙犁说,这事我从不表态。花那么多钱,没有那么多新东西,就不好了。我那点东西,本来就浅,在浅的里边再评得更肤浅,实在没什么意思。主要问题是,他们不熟悉我那个时代的生活。

1981年初,一天北京宗璞打来电话,想专程来天津看望孙犁,听说孙犁住所门上贴了纸条谢绝来访,问我是否属实。我解释说,孙犁不像外界传说的那样不近人情,你来,他一定欢迎。宗璞说,那就请你陪我去吧。宗璞是一个周四上午来的,我事先已和先生打了招呼。我们到时,先生已经在等候。彼此没有多少寒暄,直接谈起了文学。孙犁之前没有读过宗璞的小说,知道她做外国文学研究,所谈围绕着近年读过的一些翻译作品。孙犁说在《儿童文学》上,重新读了安徒生的《丑小鸭》,心里好几天不能平静。这才是真正的文学。《丑小鸭》好就好在声东击西,有弦外之音。这样的作品不多。又说到俄国作家库普林的两个短篇,发在《百花洲》上,每一个细节,人物的每一个行动,都给人留下很深印象。这是很厉害的。还有普希金的《驿站长》《茨冈》。宗璞走后,孙犁对我感叹,不愧是名门之后,谈吐就不一样。没过几天,孙犁读到宗璞新作小说《鲁鲁》,写下《读作品记》(四):"这样美的文字,对我来说,真是恨相见之晚了。"

1982年7月里的一天,去孙犁家。先生心情很好,从书桌抽屉里拿出两张稿纸,刚刚完成的《尺泽集·后记》,"你看看,提点意见。"文字不长,我很快看完,感慨地说:"写一篇序跋,您都这么动感情!"孙犁突然说:"嗨,我最动感情的文字,你还没看到呢。"我大感意外,忙问。孙犁有些卖关子,沉吟了一会儿,说:"我最动感情的是给张保真的信,有二百多封。后来分手她还给我,我一时气不过,投进炉子里,一把火烧了。"我连连说:"太可惜了,太可惜了。"孙犁也说,"是呢。事后也有些后悔。那几年通信密,常常是她的回信还没到,我的信又寄出了。两个人的信在空中交汇。"(边说边做手势)我又问起,那您知道张保真现在的情况吗?孙犁说:"听说到国外去了。和前夫又在一起。"我紧跟着打趣地说:"看来您还是惦记人家。"孙犁不再说话。

1982年12月20日,到友谊宾馆探访四川作家周克芹,周刚刚拜访过孙犁,忍不住谈起感受:很早就想来看看孙犁。去之前心情很紧张、激动,因为过去感到孙犁是个对青年人很严厉而爱护的老人,从文章看,由于上了年纪,可能爱生气。一见面,谈得很高兴。孙犁也很激动,说到给《人民日报》写"小说杂谈"中,对《许茂和他的女儿们》的批评(孙犁在1981年11月11日写下《小说的抒情手法》,谈到"周克芹同志的小说《许茂和他的女儿们》,蜚声文坛,羡仰久之。只是因为时间、身体、视力,一直未能拜读,领略风貌。今日本地电台,每日于早八点许播讲,正值我晨炊之时,一边看着炉火,一边静心听讲,已经有些天了。这是一部存有忧国忧民之心的小说,一部有观察、有体会、有见解、有理想的小说。听时因照顾锅灶,容有疏略,总的来说,作者的艺术,是令人心折的。但也感到,小说中的抒情部分太多了,作者好像一遇到机会,就要抒发议论,相应地减弱了现实主义的力量"),有人说是吹毛求疵。我说,我一点也没有这个感觉。孙犁说,我都是认为很好的作品才去讲的。一聊开了才知道,孙犁不仅看过我的长篇,看了几年所有发表的短篇,连在地区小报上发的答记者问都看过,真有心心相通之感,很感动。孙犁也说,和志趣相投的人相谈,是非常愉快的。我同意这种说法,就是繁荣的标准,是看塑造了多少感人的能保存下来的艺术典型。我写小说从不编故事,让人物活动起来,一活动就要和周围的人发生关系,就要有矛盾冲突,就有了情节。高晓声的陈奂生就是个典型。生活问题主要是个感情问题。深入生活就是要积累感情,感情到一定程度,就要爆发,就会出来作品。有生活不一定写出好作品,要思考,要认识生活,提炼生活。

1983年5月18日周三。上午到孙犁家。拿出给《人民文学》谈散文的稿子(此稿发表时,题为《关于散文创作的答问》)让我看,并请我代他寄给《人民文学》编辑部。我边读边发表议论。读到"文章要感人肺腑,只有出自自己的肺腑,才能够感人肺腑。读者都是具有良知良能的,不是阿斗,你言不由衷,人家就会看出你在骗人。有几分真诚,读者是看得很清楚的。""唐宋八大家的散文,主要经验是:所见者大,取材者小,(即以小见大),都取自日常生活的言谈、事件、与人的关系。都包含着深刻的内容。""好的散文必须是真诚和朴实的。要敢于说出真心话,是不容易的。只有抛掉种种顾虑,才能写出好文章。"我深有感触。

后来谈到,现在老师的语文教学,讲什么段落大意、主

孙犁手稿:《曹丕·典论·论文》

题、结构,大多是老师自己的臆想,和实际创作很隔膜。我说,看女儿作业,老师讲的主题就是各段落大意合在一起。孙犁大笑。

　　孙犁说,上海一位老师来,问《山地回忆》是怎么构思的,我说没有什么构思。他不信。一定要问,说,我(写文章)就是要谈你构思的文章。我说,你就为他写文章而"构思"吧。孙犁大笑起来。又说,一天河南、上海的两个编辑来约稿,河南是一写作杂志的,带一个大皮包。孙犁说是皮包编辑部,上海人忙说,我们不是,是教育出版社的。又谈到佛经翻译对中国散文的影响。谢灵运就曾参与其事。鲁迅也谈过。《红楼梦》里很明显，谈禅学。

1983年9月9日周六，上午十点半到十一点半。和孙犁约好谈童年与家世。事先读了《我的童年》《在安国》《自传》《听说书》《第一个借我红楼梦的人》《书的梦》《猴戏》等篇，拟定要提的问题：

1.和父亲的关系：期望过高吗？独子？父学徒到哪年，常回家吗？

2.是原始住户，还是山西洪洞大槐树下迁来？

3.母亲的印象。

4.最初的女性印象——安国的表姐？干姐？

5.第一次读《红楼梦》，看得懂吗？有什么印象？

6.《书的梦》中"童年时代，常常在集市或庙会上，去光顾那些出售小书的摊贩"。——开始与书结缘？

7.《画的梦》中"赶年集和赶庙会，是童年时代最令人兴奋的事。"——孤僻？

8.为什么说，"为衣食奔波，而不感到愁苦，只有童年"（《度春荒》）？

9.《木匠的女儿》中，对于村子的介绍，是否就是童年的生存环境？

10.《菜虎》中，"这种手推车的歌，在我幼年的记忆中，留下了深刻的印象"。有夸张成分吗？

开始，孙犁对这种聊天方式不太习惯，点颗烟，说得很慢，渐渐沉浸在回忆中，眼睛眯起来，似乎我这个提问者已不存在。孙犁出生时，父亲的情绪，既高兴又担心。上边五个姐姐夭折，不知这一个能否活下来。当然，农户家死个孩子算不了什么，叫"干巴"扛出去埋了就是了。这个村子很穷，逃荒的多，外出学手艺的多，闯关东，也有去上海的；但赌风颇盛。人们似乎要在赌场上改变自己的命运，也是要以此刺激填补空虚的灵魂。

事先命题的聊天仅此一次，我当场做了笔记，整理成《孙犁谈童年》《孙犁谈母亲》两篇文字。这种方式我也不习惯。我发现，在耕堂，和孙犁单独相处，最适于漫无目的闲聊了。这个住着并不舒服的房子，倒是个聊天的绝佳所在。

1984年1月31日（农历腊月二十九），去孙犁家拜早年。孙犁兴致很好，说的也多：今年春节我又忙了。帮忙的（玉珍）回乡下老家。我一人，要管两个炉子。每天六点起床生炉子，白天时时要注意，搞不好要灭掉。这样活动多了，反而胃口好了，能多吃些饭。中午孩子过来帮忙做点饭。我平常喝粥喝惯了，孩子来了，又赶上过年，当然要弄点肉。今天倒觉得肚子有点不太好。外孙女天天中午来，她爱吃鸡，我平常也不弄鸡，她来了，就弄鸡炖白菜。昨天我把鸡热上，盛好，中午她去奶奶家了。我只好自己吃掉。谁知一不小心，让一块小鸡骨头，把个牙硌掉了。牙已经糟朽了，就这么个小骨头。人老了，真不知会遇到什么事。

我说，你这样为炉子尽心忙活，炉子感觉得到，吃得多了，心情也好，因祸得福啊。可以写个《炉子》的续篇了。孙犁笑着说，写作真是可以锻炼人的好事。我有时有些不愉快，一钻进去写，就什么都无足轻重了，只有我这个文章最有分量了。勉励我遇到不顺心的事，要把精力用到写作上。对雪杉（诗人，我的"百花"同事）也这样讲。我说，我这个年纪，还没有到宠辱皆忘的岁数。有些事，你不去找它，它来找你。总是不得安宁。我又联想到，上次和李蒙英来看孙犁，孙犁说起，每天晚上钻进被窝，总要披着上衣，点着一颗烟，坐半天。想的就是一件事：晚年怎么办？想来想去没办法。李蒙英说，找个老伴吧。孙犁说，早几年还可以。现在建立不起感情来。人不是一件东西，一盆花，可以随便搬进去搬出去。想想很是凄惶。

正聊着,沈金梅(评论家、《天津文学》副主编)敲门进来,说有个外语学院的日籍教师,临回国前,想访问孙犁。孙犁说,说我身体不好吧。婉言谢绝。我是下决心不见外国人了。要做很多准备,房子、衣服……前一天有人来给我照相,彩色的,还要拿到美国去洗。洗出来一看,我的裤子没系扣。真是没办法。有些外国学者要来,我都挡驾了(还是外文出版社社长——我们延安一起共过事——介绍的法国人)。有个青年作者,认识了一个英国女朋友,要我签名赠她书,我说不行。我知道她是干什么的?

　　孙犁想起姜德明推荐《洪宪纪事诗注》,托沈金梅替他买。又说,老了,什么都想维持现状,不想搬家,不想来客人,不想过年。变化就可能带来事情,打乱正常生活。准备写些读书记。读《魏史》和梁启超的书。《饮冰室文集》太多,六十卷,看不过来。梁启超对推行新学是有功劳的,可以说是不遗余力。(投稿)对报刊的态度很敏感,稍有厌倦的表示,立即停止寄稿。《羊城晚报》关国栋不在,发稿就慢多了。对《天津日报》也是这样。现在对史籍感兴趣,对文学反而淡了。前几个月手抖得厉害,我真怕握不成笔,不能写作。那可该怎么办?现在好了。看来还是和心情有关。

　　说着话,孙犁从抽屉里拿出一张八行朱栏宣纸笺,北京许姬传的来信,许是从姜德明给他的《天津日报》上,读到孙犁写关于王国维的文章,希望能看到全文。许在信中讲到其曾祖与王家的世交。孙犁说,现在能写这样信的人不多了。字好,写得好,规格要好,可以当个艺术品收藏起来。

1984年6月14日。我去广州、深圳、上海月余,回津上班第一天,先去探望孙犁。《羊城晚报》万振环托我给孙犁带了一些广东土特产。已是下午五点多,小外孙女正在,十岁左右,长得很俊秀。孙犁对其十分爱抚。向我问起广州及沪上诸友。说肖关鸿来信,很热情,他感激。又说,我爱看熟人的作品,可以了解得更多;又问《解放日报》的吴芝麟,有一稿寄去一个多月,未见回信。我只有帮朋友打掩护,说他们太忙。忽然又说到全国作协让他去新加坡,和姚雪垠同行。有个写小说的,再找个写散文的,很难找,想到了孙犁,还考虑到新加坡是华语国家,生活习惯相差不多,很照顾了。马丁(天津作协秘书长)来问,孙犁说,我天津的活动都不参加,还去新加坡吗?又说到平生仅一次去苏联,人多,二十多人,好几个团长,不用他出面应付、说话。他每次都是躲在人后边,弄得苏方接待人员都问翻译:这一位怎么总是一人向隅,郁郁不欢?也拿他没办法。打领带都要李季给他打。"我一辈子对这些,一点欲望都没有。"说到写作要甘于寂寞,我说,这些我都知道,就是做不到。孙犁说,你们没有这个条件。我是几十年形成的,人家都知道,无形中批准了。连丁玲去厦门过八十大寿,原想让我去,后来自己就否定了:孙犁肯定不会来的。

我谈到对广州、深圳的看法,经济发展快,文化气息淡薄,难得出好作品。孙犁说,文化是要有闲的,要有时间,从容搞来,紧紧张张、分秒必争的空气下,无法搞艺术创作。

又说起出国的事:"这辈子不想出国了。"我说,"别说绝对了。要是给你诺贝尔奖呢?"孙犁哈哈大笑。我曾经写过孙犁

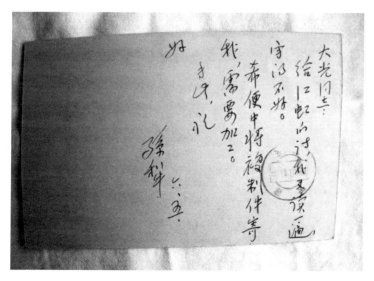

孙犁手书明信片

的笑,这是毫无戒心的痛痛快快的笑,在这个空阔的房间里,这笑声填充了每一个角落,震荡着屋宇。

我又问起那两首诗,《眼睛》和《甲虫》。孙犁说,寄给《诗刊》一个月,未见回音,给邹荻帆一明信片,邹回信说,《眼睛》不错,有哲理气息,把《甲虫》退回来了。孙犁笑着说,把我的"眼睛"留下,"甲虫"退回来了。我对人说,要不是大光说行,我这诗只有放在抽屉里,不敢寄出去。

我认真地说:"《眼睛》是你诗中最好的。"孙犁笑而不答,并说:"写诗就要灵机一动,计划好了就不行。《眼睛》就是偶然想到的。"

1985年5月25日下午五时。和李华敏(百花同事)去看孙犁。这个时间,孙犁不写作,来客亦少,适于聊天。果然,孙犁正闲坐吸烟。说到因文字引来的麻烦,孙犁说,李准写信,用"撞钟"来开导我。钟一敲就响,总有人敲;敲一下不响,就没人敲了。我说,这个道理我懂,但一遇到具体事,就沉不住气了。我是一敲必响。还是修养不够啊!

我说在电视上看到吕正操打网球。孙犁说,学生时代,他也爱打网球,而且打得还不错,只是发球总不过关。现在还常常梦见练发球,将球高高抛起来,用力扣下去。又一再对小李说,编辑要写作。你写了拿来,我给看看。我现在只能给青年初学者看看、说说,有点名气的就不敢了。谌容昨天来,问我意见,我说,系统看看再说。我哪敢说什么呀。不只是她,就连铁凝,我现在也不敢说了。我说话才常不注意。问谌容多大?答:四十八了。我说,正好。弄得她后来问柳溪:"嘛正好?"其实我的意思是正当写作的年龄。

1985年10月3日周四。在耕堂孙犁问到我的家庭情况。我说,我们一家,父母一辈从山西来天津,乡土习俗重,到今天一家不吃鱼。勾起孙犁的回忆,当年我们在晋西北,生活很苦,从河沟里捞上来些小鱼,房东不让用锅煮,只好拿茶缸子煮煮吃。当地人不只不吃鱼,连鸡都不吃。鸡死了,都埋上,不用说杀鸡了。养鸡只吃蛋。山西人我接触不少,老家县城里开染坊的,保定开钱庄、银号的,很能吃苦。从小出去,七八年不能回家(我谈我父亲在西安商铺学徒情况)。和山西作家接触不多。赵树理认真讲就见过一面。他来天津,当时我住后边小屋。他很有才华,在这辈作家里,底子厚。很可惜。(我说,赵写《三里湾》和孙写《铁木前传》时间差不多。孙没写完就病倒了,而赵以后写的也不行了。真正的文学生涯也是到《三里湾》就结束了。这是一种值得深思的社会现象。)孙犁说,他开始写《铁木前传》在(19)55年,后来一反胡风,写不下去了,拖到(19)56年。有人说,作家不受政治的干预。不可能的。多么大的作家,也做不到。郭沫若,茅盾,曹禺,解放以后都没有写出什么。(我提到,孙犁晚年,写了这么多好散文,是不容易的,出乎大家的预料)孙犁说,其实都是些小文章,就是写的多了,才引起注意。写个一两篇,就不行。其实,写来写去,就是这么些东西。我不是不想看一些外国新作,下不了这个决心。你刚才说的三十多万字的《百年孤独》,我就下不了决心看。(我说,你是聪明的做法。根据自己的情况,选择写散文。如果花几年时间,写《铁木后传》,就吃力不讨好。)孙犁说,我是写不出了。其实我是个懒人。没有情绪,写不出时,绝不去硬写。

我说,您的情绪倒是经常有。您还不是那种对一切都不感兴趣、都无所谓的老人心境,而是对很多事物还有兴趣,常有所感。否则,我就看不到这些散文了。孙犁不吭声。笑。又问到我的家庭生活、住房情况。

1986年1月11日周六。一早和李华敏去看孙犁,先生正在院里散步。昨天因邻居家做木工,没睡好,今天晚起一小时。说起做梦。我问:您写的梦特多。为什么?孙犁说。我好做梦。往往是一场梦醒来,才知道我确实睡着了。经常是噩梦。这是神经衰弱。(我说您睡眠质量不高。我经常是寻梦不着。您将来可以写一组芸斋梦谈。)

孙犁说,中国的哲学讲究将人的本性善诱发出来,本性恶压抑下去,重视道德的作用,后天的教育。粉碎"四人帮"之后,意识形态没有大的进展,总要有一个主导。什么能代替马克思?萨特恐怕不行。西方也没有一个主导的思想。我们也混乱。给《人民文学》王扶写的封二的话,三段,都是平常想到的,记在纸条上(来信裁下的白纸)。第一段讲艺术感觉来自艺术修养。修养不够,一遇时机,就易流入庸俗;第二段讲读者与作者关系的恶性循环。写书,读书,要有主导,否则就会导致恶性循环;第三段尤其厉害,写有些人迎合洋人口味,写中国人的落后面,实际是买办文学。等而下之。还有一段,写、出、吹捧坏书,都是为了钱。由阶级斗争为纲,一夜转为金钱为纲,是文学的悲哀。有一位姓韩的战友,想借《金瓶梅》,我不愿借,想办法给他买一本。写信给秦兆阳。结果说,拿到"人文社"出版部,一提孙犁的名字,没找秦兆阳,就卖给了。"想不到,我的名字还有这样的分量。今后可要珍重一点了。"说毕哈哈大笑。

1988年3月11日,周五。由报社去孙犁家。孙犁正在整理书,准备搬家。旧书装纸箱,已装了八箱,新书装了五大木箱,还没完。见我来了,说正好休息休息。聊天谈及年轻时,在北京求职的情况。自年幼时体弱多病,农活干不了。父亲从商,伤了心。不愿儿子再从商。供上大学又不可能,只求一个安定的饭碗。高中毕业后,到了北京,原想卖稿为生,写了很多,投出去无消息,少数发表,稿费也很少,最多的一次三块,有的(如开明书店)只给几块钱购书券。实在太抠(看到叶圣陶回忆录也提及);什么都写,影剧评、明星演员介绍、杂文小说,大都未能留下来。记得沈从文编《大公报·副刊》,投稿寄去未用,退回的稿子上,有亲手改过的痕迹,很感动。无法谋生,父亲托人活动,在市政府某科任书记员,抄写文书。每月二十大洋,后来靠山调任,一朝天子一朝臣,遂被解聘,又活动到某中学任庶务,比看门的略高一些,每月十八元,实在不想干,这才由同乡荐至同口镇中学教学。那时对老师重视,心里很舒畅,受到尊重。在京期间,父亲来信让考邮电局的捡信员,英语口试未过关,淘汰。父亲和故乡邮局局长熟悉,从小希望他好好学英语,将来入邮局,铁饭碗。上学时英语水平可以,但口语不行,考试人又多,还有刚毕业的大学生等。其实就是一个捡信员的位置,英文也用不上几次的。北京终究是政治文化中心,流落求生的学生很多,大都带着一个梦,其实求职真不易。见识多了,看了不少书,特别是理论上的,鲁迅,普列汉诺夫。作品发表不了,不怨别人,是水平不行,达不到要求。真正的好作品是不会被淹没的。写作的契机是抗战,各方面需要人,队伍中有个高中文化、能讲出几个理论词儿和人名,就认为是了不起。有机会发挥了作用,才放开胆去写,去做。

孙犁1988年8月10日迁居到学湖里。新居比多伦道房间多,有暖气,生活方便,但屋子矮了,间量小了,没有院子,出

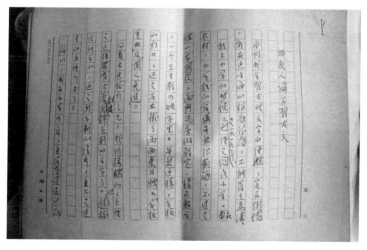

孙犁手稿:《与友人论学习古文》

门要上下楼。用孙犁致姜德明信中的话,"新地方有些新情况","就是安不下心来,从八月到今,已经四个月没有动笔,每天想定个题目,写点东西,就是定不下来"。孙犁新居离出版社远了,来往不如原来方便。第一次到新居看孙犁,老人穿了件新衣服,加上环境有陌生感,感到双方都有些拘束,聊起来不像原来那么放肆。去耕堂的次数少了。1988年10月,天津日报社首次召开孙犁作品学术研讨会,会后去看孙犁,还没落座,孙犁向我问起会议情况,并说:"听说你在会上发表了新论。"一听这话,我心里有些紧张。孙犁对文坛上的新思潮、新观点,历来有自己的判断,常说,"贩卖旧货,以为新奇,实今日文坛之特点"。我知道,有人提前向孙犁通报了会议发言,不知道如实,还是添油加醋。其实我在会上本不愿发言,听到太多的重复,才谈了一些自己看法:孙犁所取得的文学成就,除了其他因素,还和一生中两场大病分不开。一是幼年患惊风,养成敏感、内敛、爱独处、怵交际的习性,加上喜欢读书,联想丰富,逐渐形成日后的艺术气质;二是1956年写《铁木前传》时,严重神经衰弱,导致匆匆搁笔,这一次患病使孙犁躲过了政治风浪,有从容读书、思考的机会。没有这两场病,就没有今天的孙犁。听我复述完毕,孙犁点点头,说:"是这样的。"

1995年4月的一天，去看孙犁。聊天时，孙犁说，现在看，存一些线装书太对了。字大，纸白，书轻，看得很舒服。新书一打开，阳痿广告，错字连篇，印刷不匀。很堵气。说两件好笑的事吧。《新民晚报》严建民要我写字，一拿毛笔就紧张。我这人小气。怕浪费纸，怕写错字。寄稿子，用自己糊的信封，结果自己封上的一头打不开，成品的一头好打开，拿出稿子时，把一点连到了笔画里，"万"字成了"方"字。熟悉的编辑会把关。那也不容易。给《羊城晚报》的稿子，"到独单"，"独单"是方言，广东人不懂，疑为"单独"，给改成"单独到"。天气不好，就在阳台上活动，亲眼见邻居一老人，过马路时胆小，问着司机倒车吗？正巧司机在倒车，撞倒在水里了，后来再出来就坐上了轮椅，现在就见不到了。

我看先生这两年明显见老，问起身体，说是其他都还好，就是牙不行了，都磨平了，像老马一样，咀嚼的功能退化了。睡觉也不行，常睡一会儿就醒来，再也睡不着。每天早上还能出去转一下，警惕自己别摔跤。

没过多久，忽然传来先生生活失常的消息，不理发，不刮胡子，不思饮食，不愿见人。我知道，先生的精神又受到刺激了，以先生的脾性，这个时候最不愿意让熟人见到。只有默默祈祷先生能够康复。后来儿子晓达把先生接去了。1997年夏天,听郑法清说,孙犁住进了医院,在总医院高干病房。我和几位同事相约去探望。一间挺大的病房,孤零零放着一张病床,先生闭着眼平躺着,原来高挺的身材,瘦小了许多。我们几人排着队依次到床前,前面的人说着问候的话,先生始终合着眼,轮到我上前,我握住先生的手,刚要说话,先生突然睁开眼,问:"万振环有信来吗?"我心中一阵喜悦,孙犁还是原来的孙犁。我赶忙趋近一步双手紧握,连说:"有哇,有哇。老万来信,每次都要问到您。"先生又闭上了眼。这是我与先生最后一次聊天。

2022 年元月 3 日

最想说出的

　　2002年我第一次到宁夏,以后连续几年,每年都要去一次。每次到宁夏,总要进贺兰山,去看看贺兰山岩画。贺兰山的石头酱黑酱黑的,远远望去,阳光下的山体峻拔沉实,笼了一团阴郁,山顶上白云衬托着,更显神秘,绕开西夏王陵,拐过拜寺口双塔,向东就是贺兰口,岳飞《满江红》"驾长车,踏破贺兰山阙",大约就是这一带。从贺兰口进山不远,阳坡处开始出现阴文刻下的图画,有的两三组挤在一块大石头上,有的孤零零躲在角落里,岩画从山口沿峡谷向北延伸六百多米,俨然一座露天博物馆。这些图像笔画粗犷,形象古朴,动物最多,岩羊、虎、马、鹿,寥寥几笔,动感十足;人像多为面部,横眉立目的,咧嘴大笑的,耳朵边胡须直戳上去,简单的线条勾勒出夸张神态;也有群像,人在张弓,兽在奔跑,一副原始狩猎图;手舞足蹈的人群似在欢度节日,小动物从人的腿下穿来穿去,更多是祭祀的场面,人脸向天,双手上扬,一片肃穆;最奇特的是一副人面神像,环眼阔鼻,双目圆睁,头发呈半圆形直立,象征着光芒四射,据说是先民们崇拜的太阳神,世界各地发现的岩画都有相类似的太阳神造像,仿佛在为通天塔的传说提供佐证。专家对贺兰山岩画的年代众说纷纭,主流意见认为出自远古到中古时期北方游牧民族之手,表现了他们的信仰与感情。令我感兴趣的是,这些最初的无名作画人有着怎样的"创作"心态?那个年代,后世被称为"文字"的东西还没有出现,他们心里有念头要记下来,告诉天地,告诉同伴,只能借助眼睛看到的最直观图景,一笔一画凿刻在石头上,这样做很累,很慢,需要耐心,好在时间属于他们,生活教会了他们耐心的重要,这样做着的时候,他们的心地一定像蓝天一样通透,虔诚敬畏,没有一丝杂念干扰,倾注在画面上的,或欢乐,或痛苦,或感恩,或崇拜,或对前方猎物的指示,或对附近危险的提醒,都是他们心中此时此刻最想说的话。

这是文字出现之前,不借助肢体语言,人类情感的原初交流,那样直接,那样单纯。说出心中最想说的话,这就是语言的初心吧!

几千年时间过去了,随着人类文明的进步,图画演进成文字,文字最初模仿着图画,是为"象形字"。地球上人类的语言有多少种? 似乎都走过"象形"阶段,再以后越变越抽象,抽象的方式各个不同,不再有单一的指向,蕴含的信息越来越多,文字的多义与歧义也出现了。社会生活的发展,人的情感与内心的丰富,需要更多面、更多样的表现。文字在不断丰富。我们的《汉语大辞典》,英语的《牛津词典》,每年都在增加新的条目。语言文字的发展,就像是生命力旺盛的大树,随着水土、风气,不断分叉,不断扭曲,推陈出新。进步常常伴随着歧路的诱惑。随着文字表达、表现、揭示功能的增进,夸饰,掩饰,甚至颠倒是非,以黑为白的本事也在与日俱进。文学的出现,无疑为文字的表现力增添了艺术的色彩。形式的变化,个性的夸张,技巧的翻新,总能吸引众多眼球。然而,"说出心中最想说的话",这个语言的初心也会变吗?

常常爱翻读孙犁著作中关于世风文情的谈论,今天读到这样的话:"我们常说,文章要感人肺腑,出自肺腑之言,才能感动别人的肺腑。言不由衷,读者自然会认为你是欺骗。读者和作者一样,都具备人的良知良能,不会是阿斗。你有几分真诚,读者就感到几分真诚,丝毫作不得假。""文字是很敏感的东西,其涉及个人利害,他人利害,远远超过语言。作者执笔,不只考虑当前,而且考虑今后,不只考虑自己,而且考虑周围,困惑重重,叫他写出真实情感是很难的。只有忘掉这些顾虑的人,才能写出真诚的散文。"忽然就有一种松心愉悦的快感。先生离开我们快二十年了,先生留下的文字一直与我们生活在一起,读起来仍然直指人心。真想与先生聊聊天,聊聊贺兰山岩画。

后　记

　　文学作品是有生命的,它的生命在于阅读。没有一个作家不看重读者。自己的作品哪些人在读?有些什么反响?有没有批评意见?有趣的是,在创作过程中,作者可以随性撰写、修饰,一旦写作完成,发表出去,文字就有了自己的命运,其后的传播、阅读、评价,作者无法掌控。有的作家把功夫下在读者身上,悉心研究时尚动向,刻意迎合读者好恶,结果,写着写着,把自己写丢了,读者也没了;有的作家长于舆论操作,热衷媒体评介,周旋于记者与评论之间,名头炒热了,作品掏空了。每逢遇到类似的文坛乱相,便想起孙犁。

　　最初读孙犁《远的怀念》,和先生还不熟,读到"远也很爱惜自己的羽毛,但他终于被林彪、'四人帮'迫害致死",心有疑惑，惜墨如金的孙犁，为什么在这里加了一个"也"字？几次想问先生，终没有出口，和先生来往多了，渐渐明白，先生自己就是非常爱惜羽毛的人。作家的羽毛是文字。孙犁对自己的文字充满了感情，写作时全神投入，修改稿件舍得下苦功，挑剔之谨慎，称得上严苛。孙犁是敏感的，投稿给报刊，非常在意编辑的态度，稍有冷淡，对不起，没有下一次了；发表出来的文字，孙犁经常反躬自省，在一篇后记中，甚至这样警醒自己："文字一事，虚实之间，千变万化，有时甚至是阴错阳差，神遣鬼使，可不慎乎，可不慎乎！"孙犁又是固执的，前面提到《远的怀念》，发表前，远的家属提出，文章中远的形象不够高大，要求改得完美一些，否则不宜发表。孙犁说，我只能这样写。我坚决相信，我的伙伴们只是平凡的人、普通的战士，并不是什么高大的形象，绝对化了的人。我谈到他们一些优点，也提到他们的一些缺点，我觉得，不管生前死后，朋友同志之间，都应该如此。

孙犁离开我们快二十年了。二十年来，孙犁的书始终在我身边，常常想着翻一翻，赶上有事情要做，就不敢贸然打开，不管从哪篇文字开始，只要翻开来，就很难管住自己，总想一篇接着一篇读下去。孙犁的作品有一种直指人心的力量。早些年读，读出一个"美"字，后来读得多了，反倒说不清楚了，先生晚年不少短章读过多次,再读,还会发现新的东西,似乎这些文字,随着你的年纪在生长,不由得心里叫出两个字:厉害!原以为这是自己个人的感觉,终究亲炙先生教诲多年,感情带到阅读中,也是常理,与一些年轻朋友交流,谈到孙犁,他们竟也有同样感受。二十年来,还是跑过不少地方,到底与退休前无法相比,就我有限的眼界,爱好孙犁作品的人越来越多了。作家离世之后,作品还能不断获得新的读者,影响还在静静地渗透、扩大,这样的作家是不死的,对于以文字为生命的人,这是至高无上的荣誉,任何奖项或称号都不能与之匹敌。

十年前,作为纪念,我编过一本《百年孙犁》,今年,又一个十年过去了,想着再做些什么。应该是同声相应,同气相求,天津日报社宋曙光,提出一个点子,在京津两地,约几位当年与孙犁先生交往密切的作者,各自把与先生有关的文字编起来,聚成一套小丛书。曙光在先生创办的"文艺周刊"工作了三十八年,有幸在先生指导下成长,心和先生是相通的,他的想法也说出了我们的共同心愿。选题得到天津人民出版社编辑的认同,很快付诸实行,我想,先生的精神感召了参与这个项目的每一个人。惭愧得很,平日的慵懒,使得我倾囊而出也达不到编书所需,又不愿错过这样一个机会,只好放下一切,赶几篇早就想写的文字。疫情胶着的牛虎年关,原本纷扰的内心,在忆念先生的情境中归于平静。非常怀恋那些年与先生闲聊,其中有一篇题为《耕堂聊天记往》,就让这本小书当作与先生聊天的继续吧。

壬寅年正月十五　于津